ど底辺令嬢に憑依した800年前の悪女はひっそり青春を楽しんでいる。

02

ゆいレギナ

ill.とよた瑣織

contents

1章　秋の想いと落とし物

私、ノーラ＝ノーズは、今日もシシリーの身体で、学校の廊下をルンルン闊歩する。

緑色の長い髪。エメラルド色のキラキラした瞳。細い体躯。そんなシシリー＝トラバスタ侯爵令嬢の学校でのあだ名は『枯草令嬢《かれくさ》』。私が憑依した頃は、本当に髪もボサボサで、肌もボロボロだった。

その頃に比べたら、私の日々の努力の甲斐もあって、だいぶ改善されたことだろう。

そんな枯草だった少女が、休み明け新学期の学校の中でルンルンしているのだ。

憑依して四ヶ月ほどたった今でも稀有《けう》な目を向けられるものの、私はそんな気にしない。

なんたって、八〇〇年前は『稀代《きだい》の悪女』と呼ばれてクリスタルに封印された女だからね。

断罪されたときの民衆から向けられた歓声や視線に比べたら、こんな学生らなんて笑顔で手を振ってあげたくなるほどかわいらしいものだ。……この身体の本来の持ち主であるシシリーが嫌がるからしないけど。

(久々の部活、楽しみだね！)

(わたしは未だに緊張するよ……)

そんな後ろ向きなことを言いながらも、双子の姉の世話に追われるだけの人生だったシシリー＝トラバスタが、今は自分のためだけに部活へ足を運んでいる。

……実際に今、身体を動かしているのは私なんだけどね。それでも、一度は『死にたい』とまで願った彼女が私に引きずられる形とはいえ、部活に参加しているのだ。彼女の心もだいぶ強くなってきたと言えるだろう。

そんな彼女に、私は今日も心の中で明るく声をかける。

（大丈夫、シシリーには『稀代の悪女ノーラ＝ノーズ』っていう、強い味方がいるんだから！）

（ふふっ、それは頼もしすぎるなぁ）

さて、シシリーを入部させた魔導解析クラブは、なかなかゆるい部活である。

集まるのは週末の一回だけ。それも参加率は半分くらいで、集まっても各々好きな資料を読んでは、たまに好きな者同士が論議を交わすのみ。ただ図書室よりもマニアックな専門書が多く集められた空き教室に集っているだけの集まりだ。

その中で、いつもシシリーは興味深そうに周りの話を聞いていた。実体がないのをいいことに、他の人の資料や論文をのぞき見たりと、それこそ町の雑貨屋で小物を見て喜ぶ女の子のような顔をして……この道を勧めていいのかな、と、私がちょっと悩んだのはナイショの話。

そんなクラブの部室を「こんにちはー」と開ければ、今日もやっぱり人は少ない……というか、一人しかいなかった。

「こんにちは、トラバスタ嬢」

控えめながらに挨拶を返しては、しれっと視線を資料に落とす少年は同じ三年生で、隣のクラスのマーク君。そういえば家名は知らないな。

視界の邪魔じゃないかなーと思うほど長い茶色の前髪が特徴の好青年である。硬派な口調も好印象だし、なにより魔力が綺麗。魔力が綺麗な人は、身体も健康なことが多いからね。

シシリーには一応、名前の知らない一年生の婚約者がいるのだけど、あまりに残念な成金《なりきん》坊ちゃんだったので、憑依初日に私のほうから婚約破棄を申し出ている。そのため、シシリーの新しい恋のお相手として第一候補に挙げているのが、このマーク君だ。

そんなシシリーの婚約者候補に、私は当然愛想よく話しかける。

「まだ人が少ないね。今日は珍しくミーティングするんじゃなかったっけ？」

「文化祭のテーマ決めか。でも、どうせ各々が好きな内容を掲示物で発表するだけだろう」

「ふーん……マーク君は何について発表するつもりなの？」

「聞く前にのぞき込まないでくれるか」

思わず身を乗り出せば、抱え込むように本を隠されてしまったけど。

それでも伊達《だて》に大賢者なんて呼ばれていたわけじゃないからね。チラッと見えた単語でだいたいの予想はつきますとも。

「文様術《もんようじゅつ》の解呪法……アイヴィンのため？」

アイヴィン＝ダール。彼は私たちと同じ一八歳にして、次代の賢者と噂される王立魔導研究所の若き天才魔導士である。そのうえ見た目も自他共に認める色男で、口もよく回る猫みたいな少年は、シシリーの中にいる私《ノーラ＝ノーズ》に憑依直後から気が付いている。同じクラスなこともあって何かと接点も多いんだよね。

それこそ、いつもアイスを奢《おご》ってもらっているお返しとして、夏休みには彼の研究成果である、彼の母親の魂を宿した人形を壊そうとしてあげちゃうくらいには。

そんな込み入った事情も知る間柄なので。

当然、彼ら王立魔導研究所の職員たちが、創設と理事を務める国王スヴェイン＝フォン＝ノーウェン陛下に、命を懸けた命令違反防止の呪いをかけられていることも知っている。

ちなみに、このクズ国王は八〇〇前から、代々近親の身体を乗り継いで今も生きているクズなので……私も八〇〇年前から因縁があるのだ。何を隠そう、私を冤罪《えんざい》で封印したのが、このクズである。

上記により、一概に無関係とも言えない私が、アイヴィンの名前を漏らせば。

いつも周りに興味なさそうなマーク君が、珍しく前髪の奥から睨んでくる。

「知っているのか？」

「研究員の呪いみたいなやつでしょ？」

私は思わず目を輝かせてしまう。だってねぇ、マーク君。魔力がとても綺麗な子だと前から思ってたけど……本当にいい子だね。お友達を救おうと研究するとか……そういうの、私は弱いよ。

だから、私は心からの賛辞を送ろう。

「すごいね。友達を救うためにこの部活に入ったとか？　ねぇ、本当にシシリー＝トラバスタの旦那さんになってみない？　絶対幸せになるって、私が保証してあげるよ？　こんなに素敵な女の子は他にいないからね」

（ちょっとノーラ、言いすぎ……!!）

心の中のシシリーが赤面しているけど、なかなか愛《う》いねぇ。

ぜひこんなシシリーを直接見せてあげたいと、身体をシシリーと代わろうかなと思っていると、マーク君が少し俯いてしまった。

「……別に、アイヴィンは友達なんかじゃない。ただいつもそばにいるだけだ」

え、なにそれ。アイヴィンに男友達はマーク君しかいないのに？　アイヴィンどんまい案件？

「そんなこと言ったら、アイヴィンが泣くんじゃないの？」

「君はアイヴィンの何なんだ？」

「お友達？」

「それこそアイヴィンが泣くんじゃないのか？」

そうかな？　そりゃあ好きだなんだは何度か言われたことあるけど、いつも冗談みたいな感じだし。

それこそ、本当に八〇〇年前の人間に恋をする人なんていると思う？

私からすれば、『友達』だと情をかけていることすら、彼からすれば迷惑なことだと思っている。

それはアニータやシシリーに対しても同じだ。

だって私《ノーラ》は、あと半年足らずで――――。

そのとき、扉がガラッと開かれる。他の部員がわらわらとやって来たようだ。疲れてる二年生の部長の様子を見るからに、一生懸命部員をかき集めてきたのかな。

そんな後輩部長が、私たちを見て目を潤ませる。

「さすが先輩……きちんと集まってくださりありがとうございます！　ありがとうございます!!」

うん……これはちゃんとミーティングに参加しよう。

気まぐれ部員を束ねる部長に幸あれ、というやつである。

「──とはいっても、文化祭の発表は例年通りでいいんだよね？　みんな各個人でわら半紙に好きな研究発表をするということで」

こんなゆるい集まりだが、一応部活……クラブとして学校に認められている以上、部費という運営費用が出ているという。その運営費用で毎年少しずつ、希少価値の高い書籍や論文を集めているのだとか。

だが学校が部活と認めるためには、きちんとした研究結果や活動報告がないといけない。でなければ、ただの道楽の集まりと変わらないからだ。それだと学生の『教育活動』にはならないよね。

なので、学校からの要求は文化祭というおあつらえ向きなときだけでも、『それっぽいこと』をしろ──ということらしい。そのため、適当な教室を一部屋借り、そこに『それっぽいもの』を掲示して、文化祭中は順番に名ばかりの『説明係』を配置して、来年度の部費と明るい学生生活とは無縁な人たちのたまり場を死守しているのだという。

……まぁ、それはそれで学生らしくていいんじゃないかな。

と、齢《よわい》八〇〇歳以上のオバサンなんかは思ったりもするのだけど。しかし、自分がそれをするとなるとちょっと待ったをかけたいお年頃。だってねぇ、青春なんて短い人生の一瞬だぞ？

だから、「じゃあそういうことで一応各自の発表内容の題目だけでも確認──」と話が進み始めたとき、私は思いっきり手を挙げた。一斉に集まる「なんだこいつは？」的な視線、病《や》みつきになるね。

あからさまに嫌な予感を隠さない心の中のシシリーをよそに、私は堂々と宣言した。

「文化祭は、みんなで花火を打ち上げましょう！」

『………はい？』

うん、目を丸くする若人《わこうど》たちが今日も愛い。

だけど思っていた以上に驚かれている様子なので、私は心の中のシシリーに訊いてみる。

（お祭りといったら、花火じゃないの？）

（噂には聞いたことあるけど……それ、超高難易度魔術の一種だよ）

（なんと⁉）

八〇〇年前は、お祭りといったら花火、お祝いといったら花火、ってくらいありふれたものだったのに。

私はスタッと立ち上がり、黒板のもとでチョークを持つ。

難易度が高かろうと、低かろうと、花火はとても綺麗だから。

難しいってだけで、素晴らしい文化が『噂』程度に廃れてしまうのは勿体ないよね！

「えー、花火というものはね――」

黒板に描くのは、花火の図式とその組成である。

まず前提の説明として、花火は色とりどりの光の玉を空に打ち上げ、夜空に花を咲かせるようなものであるということ。

そして肝心の花火の仕組みだ。八〇〇年より遥か大昔に『花火玉』と呼ばれていた物は、球形の型の中に複数の火薬を詰めて、時間差で点火するように仕込んだものだった。

正直、私レベルになれば花火玉など作らなくても、魔法でそんな幻想を創り上げることは可能なのだが。でも今の魔術と呼ばれるシステムだと一つ一つの工程が多いため、数コンマの炎色反応を操作することが超高難易度と呼ばれる所以《ゆえん》であろう。一年生や二年生が多い、学生だと尚更ね。

だから八〇〇年前より昔の古代から伝わる花火玉とまで原始的でなくとも、似たような道具を作って当日は打ち上げるだけに専念したほうがいいと思うんだよね。

方法など、なんでもいいのだ。

みんなで同じものを見上げて『うわぁ』と感動を共有できれば、それだけで。

なので、そんなことをざっくり説明して「どうでしょう?」と問えば。

ポカンとしている後輩たちの中で、マーク君がボソリと呟いた。

「どんなものか皆がわかっていないようだから、イメージだけでも今見せることはできないのか?」

小さくてもいいから、と言う彼に、私は問うた。

「ただの変色反応でいいのかな?」

それなら一学期に授業でやったじゃない、と、私はポポポンッと光の花をいくつも生む。

あの頃はまだシシリーの魔力が引きこもっていたからアイヴィンの手を借りたけど、もう必要ない。

こんな見せかけだけの魔法だったら、いくらでもシシリーの魔力で賄えてしまう。

ただ、うーん。部屋が明るいと、今一つ感動がないかな。

だから同時に暗影の魔法を使ってから、同じように小さな光の花火を生んでみせれば、「おぉ」という感嘆の声がいくつもあがった。ふふっ、気分がいいかな。

調子に乗ってポンポン派手に演出していれば、マーク君から「もういい」との声。

ちぇー。もっと♡マークとか色々あるのになーと思いながらも、部屋の明るさを元に戻せば。

後輩たちは一斉に『すげえええええ』と沸き始めた。

「え、これをおれらが作っちゃうの？」

「すごくね？　文化祭でこれやったらすごくね？」

うんうん。若者はこのくらい単純じゃないとね。愛い愛い。

その中でやっぱり一人落ち着いているのはマーク君だ。

「変色反応は三年で習うことだろう。君も知ってのとおり、部活の中心は一年生と二年生だ。それを『打ち上げる』と言っている以上、今より大規模なものを披露するつもりだろう？　本当にできると思っているのか？」

「初めからできないつもりでいたら、研究者なんて誰もならないと思うけど？」

魔力はとても綺麗なのに、あまりにつまらないことを言うものだね。

でも……今の私は『シシリー＝トラハスタ』。

少し前まで落ちこぼれだった人から言われても、説得力はないのかも。

（ごめんね……）

（シシリーが謝ることじゃないよ。ここから『すごい』って言われるのが快感なんだから）

そして、私は人差し指を立ててにっこり微笑んだ。

「それじゃあ、プロに相談してみましょうか」

『プロ』とは当然、みんな大好き次代の賢者アイヴィン＝ダールのことである。

柔らかそうな茶褐色の髪に、切れ長の瞳。とても女好きする色男君ことアイヴィンは、固唾を呑む魔導解析クラブの私たちにあっさりと言ってのけた。

「変色部分を三年のおまえらで担当すれば、あとは一、二年でもできるんじゃないの？」

『おおおおおおおっ⁉』

その鶴の一声に、再び大盛り上がりの後輩たち。

だけどやっぱり、渋っているのがマーク君だ。

「お前も彼女の前だからって、調子のいいこと言ってやるなよ」

「いや、俺は本気だよ？　だって同時に一人でやろうとするから大変なだけであって、おまえらが変色光のパーツさえ作ってしまえば、当日は他の作業ができるだろう？　その『花火玉』ってやつの外殻を二年に作らせて、一年が打ち上げ時の式を構築しておけば――あとはおまえらが指揮して打ち上げ式を作動させるだけじゃん。発射装置は俺のほうで用意してやるよ」

「だけど、たとえ一つ一つの式の開発が上手くいったとて、それらの連携やバランスの調整が――」

「そんなの彼女なら……いや、それも俺がやってあげるよ。面白そうだしね」

おーおー、アイヴィンさん。私へのウインクは要らないけど、ナイスフォローだね。

そりゃあ私なら全体の調整くらい簡単だけど、さすがに有能さが目立ちすぎてしまう。

それでも、やっぱりマーク君は納得がいかないらしい。

「しかし、そもそも魔導解析の本分とはズレるんじゃないか？」

「解析って、物事を細かく解き開き、理論的に研究することって意味でしょ？　自らが発表した新しい式の解析をするとか、これ以上ないくらいピッタリの研究発表だと思うけど？」

なんでしょう、その『減らず口が』と言いたそうな視線は。

まぁ、前髪が長くて目がしっかり見えないから、まったく怖くないんだけど？

椅子に座った私がニヤニヤ見上げていると、マーク君が小さく舌打ちする。

「お前の彼女、本当にいい性格してるよな」

「お褒めいただきどーも。そんな可愛い彼女と、ちょっと二人になってきていーい？」

「……勝手にしろ」

後輩たちは、さっそく二年生の部長を中心として班分けなど開始しているらしい。

その隙で、私はアイヴィンに腕を組まれて人気《ひとけ》のない廊下へ。

「あなたは友達に、私のことを『彼女』と言っているの？」

「まだ言ってなかったけど、公言してもいいの？」

「だーめ。シシリーの婚約者探しに悪影響が出たら、どう責任とってくれるのかな？」

私の質問に、アイヴィンは苦笑しながらも肩を竦める。

「本当に、きみはトラバスタ嬢一筋だね」

「アイヴィンにはあげないよ？」

「それは残念」

そんな軽口は置いておいたとしても、いい機会だ。

私も少し案じていたことを確認してみる。

「本業の研究に大失敗したばかりの次代の賢者さまは、こんな手伝いをしていてもいいのかな？」

「研究室の片づけだけはさせられたけど、それ以外は何もないんだよね。まぁ、しょせん俺は『王の器』として飼われているだけだから、研究結果なんて二の次なわけだし……王が手を出せるようになる学校卒業まで、ストレスなく健康な状態でつつがなく過ごしてくれさえすればいいらしいよ」

「……よくもまぁ、平然と言えるね」

私が眉間に力を込めると、そこをツンと指先で突《つつ》かれる。

「まぁ、それが事実だしね。そんなことより本題だけど、花火のことはどこまで俺が口出ししていいのかな？　正直、きみが本気を出したらすぐ完成しそうな気がするんだけど」

「あ、それは大丈夫。全部シシリーにやらせるから」

心の中のシシリーの疑問符は、アイヴィンにも聞かせてあげたいほど可愛いものだった。

（えっ？）


（てかてかねぇねぇ！　本当にわたしが一人で部活に行くわけ!?）

（たかだか部活に行くくらいで怖がらないでよ。もう一八歳でしょ？）

（そ、そんなことを言われても……）

こんにちは、シシリー＝トラバスタです。

珍しく、中身も外身もシシリー＝トラバスタです。

明くる日、ずっとわたしに憑依していたノーラは本当に有言実行してきました。

文化祭に向けて数が増えた週三回の魔導解析クラブに、わたしが行けというのです。

なので、アニータさんとの勉強会を少し早めに切り上げてもらい、わたしたちは部室までの廊下をトボトボ歩いているのですが……このように、心の中では大乱闘状態です。

（てかノーラ、お昼寝するって本当なの？　最近夜更かしが多いせいでしょ、絶対そのせいでしょ!?）

（私にだって一人でやりたいことっていうのがあるんだってば～）

（付き合うから、わたしもそれに付き合うから。ね？　今からそれやろう！　そして夜はたっぷり一緒に寝よう！　じゃあ、そういうことでマークさんに断りだけ入れてレッツゴーということで――）

（シシリー？）

ノーラの感情の無い笑顔は、威圧的でとても怖い。

思わず現実でも足を止めてしまったわたしに、ノーラはため息を吐いてから諭すように話し始める。

（魔導解析クラブに入ることは、シシリーも賛成していたよね？）

（はい……）

(花火作りについての話も、前のめりに聞いていたと思うんだ)

(はい……)

(がんばれ?)

(急に投げやりにならないで〜〜)

だけどわたしの訴え虚しく、ノーラは大あくび。

(それじゃあ、おやすみ〜)

そうしてスヤスヤと本当に眠りだしてしまったときには、もう部室に着いてしまっていて。

「まじかぁ……」

わたしは肉声で後ろ向きな感情を吐き出す。

正直、ノーラの言うとおり魔導解析クラブは好きだし、花火作りも楽しそうだと思ったけれど。

それでも!

それでも!!

普段ノーラがわたしの身体で自由気ままに振る舞っている言動を、そのまま引き継がなければならないのだ。……それ、余計にきつくない?

そんなことを嘆こうものなら『ハナから他人に頼るんじゃない』と一蹴されてしまいそうだから、とてもじゃないけど言えないけれど。

わたしは扉の前で大きく息を吐いてから、顔を上げる。

そして意を決して、扉を引き開けた。

「こ、こんにちは～……」

「こんにちは。扉の前でずいぶん悩んでいたようだけど、どうかしたのか？」

「いや、うん……変色光の式を定着させる素材は何がいいのかな、と考えていて」

わたしが適当に屁理屈《へりくつ》をこねてみれば、マークさんは今読んでいた本と異なる書類を引っ張り出す。

「それなら、いくつか良さそうなものを見繕ってみたんだ。確認してもらえるか？」

「う、うん！」

花火作りは、作業ごとにグループで分かれて行うことになっている。

当然、学年によって魔術の習得度が異なるので、三学年であるわたしはマークさんと組んで、一番難しいであろう『花火玉』の内部構造を決めることになったのだ。馴染みある言い方をすれば、変色反応の道具化するシステムを構築するのである。

その作業の課題は三つ。

一つめは、狙った色の光を決めた位置に飛ばすこと。

二つめは、その色や形を瞬時に変換する必要があるということ。

三つめは、その迫力を出すための規模感。

規模感……つまりサイズについては基礎ができてからということで。まず最初に、そもそも魔力を込める素材を何にするかというところからなわけで。

すでに、マークさんはその候補をリストアップしてきてくれていたらしい。

その数、ざっと一〇種類。

うーん……正直なところ、ノーラに相談したい。

もちろん部活動の一貫である以上、予算というものもあるわけで。その上で耐久度や、魔力保有量、柔軟性など、様々な要素の中からバランスが良いものを決めなければならないのだ。

わたしはそのリストを睨みつけながら、ムムムと考える。

この中の半分くらいの素材は授業中に使ったことがあるけれど、値段まではわからないのが本音。

でも、そんなわたしでもわかることがひとつ。

「一番おすすめなのは、これ」

とマークさんが指した素材が、とても希少性の高い、高価なものだということくらいだ。

「……正直、それは一番ないと思うな。予算に収まらないもん」

「そうなのか？」

そうなのかって……マークさん、隣のクラスなこともあってあまり素性は知らないけど、かなり裕福なご子息なのかな。前髪はとても長いけど、身なりはいつもしっかりされているからね。

「それなら、専門家に相談しに行くか」

「専門家？」

急に立ち上がった彼を見やれば、初めて彼のサファイア色の瞳がちらりと見えた。

「君が言う、僕の友達のところだ」

「珍しいね、おまえが俺を頼ってくるなんて！」

「僕一人の課題じゃないんだ。省ける手間は省きたい」

「そうですか……それで、これが見せてもらいたいものリストね」

書類を片手に、本当ならわたしが名前を呼ぶなんておこがましいエリート、アイヴィン＝ダールさんが研究室内をあちこちと歩き始める。

この雑多になった秘密の研究室は、前にもノーラとして訪れたことがあった。

だけど……ここは外部から入れないように、特殊な構造をしているんじゃなかったっけ？

それなのに、マークさんは扉もなかった壁に手を当てて、短く詠唱しただけで中に入ってしまったのだけど……そこはやっぱり友達だから、アイヴィンさんが入り方を教えていたのかな？

「僕の顔に何かついてるか？」

「あ、ごめんなさい……」

思わずじーっと見つめてしまっていたようで、マークさんは気を悪くした様子だ。

慌てて謝って一歩下がれば、マークさんはなぜか後頭部を掻き始めた。

「こちらこそすまない。嫌だったわけじゃないんだ。ただ……トラバスタ嬢、具合でも悪いのか？

いつもより図々しさが足りないような気がするのだが」

それは、中の人が違うからっ!!

こちらにちょうど背中を向けていたアイヴィンさんの白衣の背中が細かく震えている。きっとノーラが起きていたら、同じく心の中で大笑いしていたのだろうけど……とても静かだ。本当にわたしの中でノーラは眠っているらしい。

それを叩き起こす度胸がわたしにはないので、マークさんには悪いけど、結局は誤魔化すしかない。

「そ、そんなことない、かな。今日もマークさ……くんの魔力が綺麗だったから、思わず見惚れちゃっていただけだよ」

なにこれ、めっちゃくちゃ恥ずかしいんだけど！

とりあえずノーラがいつも言いそうなことを口真似してみたけど……なんでこんなこと、ノーラは平然と言えるのかな？　これが自信と実績の差ってやつなのかな？　それとも年の功？　なんやかんや八〇〇歳以上になるらしいから……て、そんなこと言ったら怒られる⁉

わたしは内心パニックを起こすも、マークさんは普段通りに「あぁ、いつものトラバスタ嬢だな」と急に距離をとってくるから、余計になんか申し訳なくて。

「はーい、お待たせ。書いてあった素材を集めてみたよ」

そんなとき、天の助け賢者の助けと、アイヴィン＝ダールさんは軽薄そうな感じでトレイを持ってきてくれる。縋るように見上げたら、彼は慣れた様子で片目を閉じていた。

「この素材、少し魔力を加えてみてもいいだろうか」

「いいよ。でもやるなら外でやってきて。魔力量によっては爆発する恐れがあるからね」

「わかった。トラバスタ嬢は他の素材を吟味していてくれ」

そう言って、ブツブツ言いながら外へ向かうマークさん。

その足取りは軽く、表情が読みにくいながらも楽しそうなことが窺《うかが》える。

だよね、こんな豪華な素材を自分でいじれる機会って、学生ではなかなかないもんね。

わたしもどれか挑戦してみようかなぁ。

でもわたしにもできるものなのかな？　ノーラを起こしたほうがいいのかな？

今も目を閉じれば、ノーラはわたしの中でスヤスヤと丸くなって眠っている。

その寝顔は普段の豪胆さを全く思わせない、とても無垢な子供のようで。

まだまだノーラのことはわからないことばかりだけど、とりあえず今起こすのはやめておこう。

なら、今はマークさんが戻ってくるまで良さそうな素材の選別を進めているのが吉だろうと、再び目を開けると、アイヴィン＝ダールさんがわたしをのぞき込むようににっこり微笑んでくる。

「トラバスタ嬢も好きなの実験していいんだよ？　どれも経費で落ちるから遠慮しないで」

「あ、いや……ノーラを起こすのも忍びないので、マークさんを待とうかと」

「大丈夫だよ。俺の見立てでは、もうきみ一人でも十分こなせると思うよ？」

「で、でも……」

「そんなに王立魔導研究所職員が信用ならない？」

ほんっとーにずるい人！

ノーラも大概だけど、この人は顔の良さもあって本当にずるい！

本当お似合いの二人だよ……と言ってやりたいのは山々だけど、わたし一人でアイヴィンさん相手にそんな馴れ馴れしいことを言えるはずもなく。

ただただモジモジしていると、実験机に頬杖をついたアイヴィンさんが苦笑する。

「ノーラは今、寝ているの？」

「あ……はい、お昼寝しています。その……何をしているのかはわからないんですけど、最近夜更かししているみたいで」

「きみに内緒で夜更かしって……きみたちって、いつも一蓮托生《いちれんたくしょう》じゃないんだ？」

「あ、どっちかが寝ているときは、どっちかの一存で身体を使うこともできます。最近まではずっと同じタイミングで寝食していたんですけど……」

私の話を「ふーん」と真剣に聞いてくれるアイヴィンさん。

こんなことノーラのときに訊けばいいのにな、と思うものの、アイヴィンさんはまだわたしを解放してくれないらしい。

「トラバスタ嬢も、俺の事情は知っているんだよね？」

「じ、事情とは……」

「俺が国王に身体を狙われていること」

アイヴィンさんが「この言い方だと、なんかイヤらしい感じに聞こえるね」とサラッと笑う。

それ……わたしはなんて答えれば……？

でも……言いたい意図はわかるわけでして。

わたしがこくりと頷くと、アイヴィンさんが目を細める。

「もし仮に誰かに憑依されるとしてもさ、きみたちみたいに仲良くできればいいのになって思ってね……ま、そんな上手い話は、なかなかないと思うけど」

「……多分、大丈夫ですよ」

あくまでそれは、わたしの憶測の話。

ノーラはわたしと仲良くしてくれているようで、その実なにも本音を話してくれていないようにも思える。

それでも、わたしは信じているのだ。

「すみません。何も根拠はないんですけど……多分、あなたは大丈夫だと思います。わたしは何もしてあげられないけれど、ノーラなら、ノーラならきっと……」

八〇〇年前の悪女は、実はとても崇高な人物なのだと。

魔法の天才で、とても努力家で、誰よりも無邪気で、人間が大好きで。

そして、そんなノーラが好きな相手がこんな可哀想な境遇なのに、何もしないで消えようとしているなんて、とてもじゃないけど思えないから。

――だから、アイヴィンさんは大丈夫。

――だけど、ノーラは一年後に消えてしまうって。

違う、もう一年もない。あと半年くらいしかない。

思わず唇を噛んでいると、アイヴィンさんに唇の下を軽く引っ張られた。

「ほら、そんな顔しないの。ノーラこそ、絶対に大丈夫だから」

「えっ?」

わたしは、何も言っていないのに。

アイヴィン＝ダールの言葉から確かな信頼を聞いて取れた。

「ノーラは来年の春も、必ずきみのそばにいるよ。……まぁ、もしかしたら『八〇〇年後の世界を堪能してきます』とか言って、世界一周旅行に行っちゃう可能性は無きにしも非《あら》ずだけど」

その本当にありそうな、あってほしい未来に、わたしは苦笑する。

「それでもいいです。たくさんのお土産話を持って帰ってきてくれるなら」

「謙虚だな〜！　どうせなら物をねだろうよ！」

「アイヴィンさんは何を貰いたいんですか？」

「いや、俺は一緒についていくから」

得意げに言い切るアイヴィンさんに思わず噴き出すと、彼は表情を柔和に緩めた。

「だから一人で困ったことがあったらすぐに言ってね。必ず手を貸すよ」

「……ありがとうございます」

そして、『ノーラが旅先でやらかしそうなこと』について盛り上がっていると、マークさんが戻ってくる。「僕、お邪魔だったりするか？」と真顔で問われて、わたしは慌てて否定して。

たまに脱線に逸れながらも、その日のうちに素材の選定を済ませることができたのだった。

さて、無事に素材が決まったなら、次は肝心の魔術式の開発である。

（ちょっとシシリー、早く寝ないとお肌に悪いよー？）

（もうちょっとだけ！）

放課後だけでは時間が足りず、寝る間も惜しんで色んな論文を読み漁《あさ》ったりしていると。

ある日マークさんが、とある論文を見せてきた。

「トラバスタ嬢、これどう思う？」

「式の時間移動……ですか？」

その論文書は、びっくりするほど古い物で。

「何年前の書物です？」

「だいたい五〇〇年ほど前の物だ。今の魔術体系の基礎ができた頃で、まだ魔法を使う魔女狩りが横行していた時代だな。提唱者は、当時の国王。特別なルートで取り寄せた本だから、このことは内密にしてほしい」

魔女狩りとは、今では奇跡と呼ばれる魔法が異端の禁術と呼ばれていた頃の話らしい。わたしも学校でそれを習ったときには、まぁ歴史なんてそんなものだろうな、くらいの認識でしかなかった。

昔に『悪』とされていたものが、今では『善』とされることもある。

魔法はまだ、昔ばなしの絵空事程度の価値観でしかないけれど。

——でも、おかしな話だよね。

わたしは少しだけ、世の中の不思議を知っている。

どうやら国王陛下の中の人が、ずっと同じ人らしいというのだ。

普通に代替わりをしているのであれば、その時代に合わせた価値観や、個人の主義主張により物事の善《よ》し悪《あ》しが変わって然《しか》るべきだと思うけど……どうして同じ人なのに、『魔法』に関する価値観が変わっているのだろう？　魔法が嫌いだから、新しく魔術を作ったのだと思っていたのだけど。

こうした新しい疑問も、ノーラ＝ノーズと出会ったから芽生えたもの。

八〇〇年前の悪女ノーラ＝ノーズと出会ったことで、わたしの世界は明るくなった。

そのうちの一つが、魔法という絵空事が現実のものだとわかったこと。

魔法が、伝説の悪女が、とても綺麗な存在だとわかったこと。

魔女狩りと呼ばれた行為がどんな愚かな行為だったのだろうと、切に思う。

そんなことがなければ。

そもそもノーラ＝ノーズが封印などされなければ。

――今の世界は、もっともっと素敵だっただろうに。

と、そんなことを考えていたときだ。

「……トラバスタ嬢、どうかしたのか？」

あ、しまった。どうやらぼんやりしすぎてしまっていたらしい。

今、ノーラが寝ていてくれてよかったな。

零れそうになっていた涙を拭ってから、わたしはマークさんに「何でもありません」と答える。

そして改めて文献を借りて目を通してみたら……。

なるほど。細かい部分は読み込まないと理解が難しいけれど、この術式を組み込むことで、既存の式を過去へと飛ばすことができるらしい。未来に飛ばすならわからないでもないけど、過去へ？

しかし、やはり高度な魔術にはそれなりの代償が必要とのこと。触媒などでの代用がほとんど利かず、人間の直接的な魔力が不可欠だとか。

「つまり……この魔術を使ったら、死ぬ可能性が高いってことだね？」

たとえ命を賭しても、時間旅行をしたい人もいるにはいるのだろうけど。

果たして、今のわたしたちにそれは必要なのかなぁ？

「どうせならすごい花火を打ち上げたいけれど……そこまでする必要あるかな？」

「そ、そうだよな……おかしな話をしてすまない」

マークさんが慌ててわたしから文献を取り上げてしまう。

あれ、これは何か対応を間違えてしまった様子。

もしかして……。

「これでアイヴィンさんを助けたいって思ったの？」

幸い、今も部室にはわたしたちしかいない。

だから単刀直入に訊いてみれば、マークさんはうつむき気味に頷いた。

「……完全な解呪ができなくても、別の時間軸に飛ばすことができればと思って。だが実際、ここまでしなくても時間という概念は花火にも転用できるんじゃないかと思ったのも事実なんだ」

「なるほど……」

たしかに魔力には体積と質量がない。そのため通常超えることができない次元への移動も可能なのではないか、というのが、この研究の発端的な仮説らしい。

アイヴィンさんを助けたい気持ちは、わたしも一緒だ。

それはノーラの想い人ってだけにあらず……少なからず、わたし自身も世話になっているから。

（誰が誰の想い人だって？）

（あ、おはよう。ノーラ）

どうやらタイミング良く、ノーラが目覚めたらしい。わたしの中で大きな欠伸《あくび》をしている。

毎日どれだけ夜更かししているんだろう？　身体はあまり怠くないからいいけど。

ノーラに身体を預けているときも、彼女が常にわたしのことを気遣って食生活や肌の手入れなど、わたし以上に丁寧に使ってくれている。ささくれ一つできようものなら、さぁ大変と専用の魔法薬を作ってしまう始末だ。

だけどノーラに構ってばかりいると、また現実のマークさんに不審がられてしまうからほどほどにしつつ……わたしはもう一度マークさんが抱え込んでしまった文献を見やる。

じーっと見やる。

じーっとじーっと見やる。

「な、なんだ……」

少し引いてしまったマークさんを今度はじーっと見つめて。

にじり寄ったところで、わたしはニコッと微笑んだ。

「その文献、貸してくれないかな？」

もちろん、これはノーラの真似である。

そうして絶対に門外不出の約束を結んで借りた文献を見せる相手など一人しかいない。

(なるほど！　面白い！　その研究、私が預かりましょう!!)

けっきょくはノーラの力を借りるのかってなってしまうけど。

それでも、これがわたしがアイヴィンさんと、そして素敵な花火を打ち上げるためにできる一番有用なことだと思うから。

わたしができることは、ノーラが研究に集中できる環境を作ることである。


それから、数日後。

わたしはお昼休みにこっそりアイヴィンさんに相談していた。

「どどどど、どうしましょう!?」

「あはは。たしかに必ず手を貸すとは言ったけど、毎日切羽詰まるとは思わなかったな」

「笑わないでくださいっ！」

酷い！　やっぱり酷い男だアイヴィン＝ダールさん!?

人気の少ない階段裏。薄暗いところでアイヴィンさんに相談していた内容は、今日の放課後の勉強会のことだった。

そう――アニータさんとの勉強会である。いつもノーラが授業の内容やアニータさんの習得状況に合わせて魔術の指導をしていたやつ。それも理論的なことだったらわたしも予習をたっぷりして臨むという体当たり攻略ができるものの……！　いつもノーラが施しているのは、すごく感覚的な指導ばかり。

『ほら、そこはもっとふわっとさせて』

『いやいや、もっとビューとビヤッて感じで』

……そんな指導に、当然アニータさんも文句ばかりなんだけどね。

それでもなんやかんやで日に日に魔術の精度が向上しているのだから、やっぱりアニータさんは凄いと思う。こないだの実技テストではクラス三位の好成績を修めていた。当然一位はアイヴィン＝ダールさんで、二位がシシリー＝トラバスタ（という身体の八〇〇年前の大賢者ノーラ＝ノーズ）。

なので実質クラス一位の人に……万年ビリだったわたしが何を教えればいいのやら？

と、わたしがこんな真剣なのに対して、アイヴィンさんはずっと笑いっぱなしだった。

「でも、昨日の相談事よりはマシかな。さすがの俺も、どうしたら演劇部で何事もなく一日過ごせるかって……いつも見ていたなら、適当に練習参加してきたらいいじゃん。どうしても嫌なら休むとか」

「だって、ノーラが毎回あんな楽しみにしてるんですよ！　わたしが一回サボったせいで悪評ついて、今後ノーラが楽しめなくなったら申し訳ないじゃないですか⁉」

わたしが小声なりに叫んでみせれば、アイヴィンさんは壁に背を預けたまま、くつくつと笑う。

「真面目だなぁ。きみがその身体の持ち主なんだから、もっと大きく構えていればいいのに」

そうは言われても……。

わたしがむくれていると、アイヴィンさんが疑問を投げてきた。

「ノーラは全然起きてくれないの？」

「起きてはいるんですけど、どんなに呼んでも『今いいところだから用があるなら箇条書きにして置いておいて』って……心の中にどうやって手紙を置けばいいんですか……？」

「ははっ、根っからの研究者だねぇ」

そう再び笑い飛ばされたときだった。

「……アイヴィン＝ダール」

ぼそっと低い声で、彼のことを呼ぶ声がして。

わたしも振り返ってみれば、そこには春に転校してきたハナ＝フィールドさんがいた。特徴的なのが、その分厚いメガネ。さらに今日も黒髪を三つ編みにして、制服をやたら露出度低く着こなしている。ノーラが何度友達になろうと声をかけても軽くあしらわれていた彼女である。

どうも夏休み中はお母さんがお世話になったようだから、わたしからもお礼を……でもノーラも一応お礼を言っていたから、またわたしから言うのもおかしいかな？

わたしがひとりでわたわたしていると、ハナさんが短く訊いてくる。

「もう用は終わった？」

「えっ……」

「そいつ、借りていい？」

かのアイヴィン＝ダールを『そいつ』呼ばわり!?

驚くしかない。だって縁あって話す機会をいただいているが、本来なら王立魔導研究所の若き正職員なんて、本来ならわたしも含めて、いち学生が気軽に話せるレベルでないエリートである。

まぁ、ノーラなら平気で呼びそうな気はするけれど。

だけど、肝心のアイヴィンさんは何も気にしていないようで。

無言でわたしににっこり微笑んでくるから、まぁそういうことなのだろう。

わたしが「それじゃあ」とおずおず立ち去ろうとすれば、アイヴィンさんが「まぁ放課後は俺も顔を出すから」と心強い支援をくれるのだけど。

わたしはそのまま物陰で話しだそうとする二人を尻目にノーラに話しかける。

（ねぇ、ノーラ。アイヴィンさんとられちゃうよ？）

だけど彼女は、今も熱心に研究に集中している様子。

アイヴィンさん、けっこう一途《いちず》だと思っていたのになぁ。

見た目通り、遊び人だったのかな。

やっぱりノーラを任せるにはダメな相手かも？

だけど、そうは言ってもアイヴィン＝ダール卿。

有言実行でわたしたちの勉強会へ来ては、わたしの代わりにごく自然にアニータさんへ助言をしてくれていた。しかし「こんな感じでどうかな？」と言わんばかりに片目を閉じてきても、わたしはプイっと顔を背ける。

恩を仇《あだ》で返すなんて言わないでほしい。

将来ノーラを傷つけそうな人を、わたしが看過できるはずないじゃないか！

——と、そんなことがありつつ、勉強会のあとにわたしは魔導解析クラブにも顔を出す。

文化祭への発表に向けて、けっこう佳境なのだ。

実際はまだひと月以上時間があるのだけれども、もうじき三年生は職業研修期間《インターン》に入る。その間はそれぞれ各企業や施設に派遣されて実地で仕事や訓練をこなすので、文化祭の準備には参加できないのである。

だからわたしとマークさんは前倒しで作業をしなければと、空いた時間を見つけては議論を交わしているのだけど……突然マークさんが言った。

「最近のトラバスタ嬢、変わったな」

「へ？」

隣に座るマークさんの顔が近い。わたしが素っ頓狂な声をあげるも、マークさんは引かなかった。

「正直、今までの君は図々しくて苦手だったんだけど、最近のトラバスタ嬢は話しやすい気がする」

そりゃあ、変わったかと言われたら　中身がまるで別人ですが、何か？

マークさんの表情は長い前髪でやっぱりよく見えないけれど、この言葉が少し震えているようにも聞こえた。

「勘違いしてくれて構わないが、女性としても、とても好ましい」

「ふえ？」

わ、わたしが……このましい……ですか？

この、引っ込み思案のシシリー＝トラバスタ（ちゃんと本人）が好ましいだと!?

こんなわたしをマークさんが誘う。

「よければ週末、二人で郊外の図書館に行かないか？」

（喜んでっ！）

それに我先に答えたのが、ずっと心の中でだんまりだったノーラだった。


さて、いよいよ念願叶って。

シシリーが、魔力の綺麗な彼とデートである。

（いや、ノーラ！　もう研究はいいわけ!?）

（女の子の青春といえば、研究よりもデートなんでしょ？）

（今までどんなに話しかけても聞いてくれなかった人がそれを言う!?）

ちゃんと聞こえてましたとも。

あれでしょ？　アイヴィンとハナちゃんが異様に親密って話でしょ？

とってもいいことじゃないかな。だって私と仲良くしてたって……どうせあと半年もしないでお別れなんだし。学校を卒業した後も続く付き合いを大切にしたほうがいいに決まっているよね。

ともあれ身体の主導権を預り受けて、デートの準備である。

心の中のシシリーがうるさいけど、今だけはごめんね？

(こんな緊急事態は仕方ないでしょ。もちろんデート当日はシシリーに身体を返すけど、ちゃんと自分でオシャレできるの?)

(別に学校での知り合いと会うだけなんだし、制服でいいんじゃないの?)

(ダメだと思うよ?)

というわけで、私が向かったのはもちろんアニータのもとである。

巻いた金髪をかわいく二つくくりにして、今日もお化粧をきれいに施している。制服も校則違反にならない程度にかわいくアレンジした、私の自慢の友人だ。

もし仮に、そんなオシャレなアニータが『制服のままでデートしていいよ』と言ったなら、それで良しとしよう。

だけど当然、アニータにそれを尋ねれば、

「馬鹿じゃありませんの」

一蹴である。

部屋で自習中だったアニータ。ペンなんか即座に置いて侍女に、やれ洋服を持ってこいだの、やれ浴槽の予約をしろだの指示を飛ばしている。

その様子をのんびり眺めながら出してもらったお茶菓子に手を伸ばそうとすると、私の手はアニータに叩かれてしまった。

「何を無駄な間食をしてますの。少しでもボディラインを引き締めようという気はなくて?」

「いや、これアニータが出してくれたやつ……」

「週末にデートなんて相談を受けていたら出しませんわよ！　いいですか、決戦の日まであと二日。徹底的にすべてを磨き上げますわよっ！」

アニータの熱意は見るからに燃え滾っている。今までで一番楽しそうである。

そんな彼女に一応、私は確認してみる。

「……私は可愛らしい洋服と香水なんかをお借りできたら満足だったんだけど」

それでも、いつもいつも迷惑をかけている自覚はあるのだ。

いくら友人とて、いや友人だからこそ、頼りきりというのもおかしかろう。

正直、私は彼女のために何かしてあげられていることはない。

だけどアニータはやっぱり私の想像を超えてくるのだ。

「あたくしの友人の初デートですのよ!?　あたくしの意地と矜持にかけて、いつも以上に愛らしい姿で送り出すことこそ友人の務めではありませんて!?」

最近は『友』と言っても、あまり恥ずかしがらなくなったアニータ。

そこが少し寂しく思いつつも、やっぱり私の友人は今日もとても愛い。

しかし案の定、心の中のシシリーはアニータの熱量にのぼせ上がっていた。

そしてさっそく、アニータの手ずから髪にトリートメントをしてもらっているときだった。

「……え、お相手はアイヴィン＝ダールではありませんの？」

「うん。その友達のマーク君だけど――」

パシャンと、言葉の途中でお湯をかけられたものだから、問答無用で薬湯が口の中に入ってくる。

まぁ身体に害があるものでないからいいとしても……不快なものは不快だ。

そういや協力を願い出たときに、デートの相手は話していなかったな？

誘われた経緯やデートする場所など、訊かれるがままに答えていった結果が『パシャン』である。

（そりゃそうだろうね）

心の中のシシリーまでもが冷たい。

シシリーはともかく……アニータの気持ちはわからないでもないかな。

私だって、アイヴィンとなかなかいい雰囲気だった自覚はある。それが急にその友達に鞍替えしたとなったら……私の友達だからこそ、アニータは怒っているのだろう。

「見損ないましたわ。まさかあなたが、そんなふしだらだったとは」

「さっき熱い友情を確認したばかりなのに？」

「それはそれ、これはこれです。しかし友人が誤った道を歩まないように助言することも友の役目でしてよ！」

ぶれない私の友人アニータ、だからこそ愛い。

（わたしはいつか、アニータさんが誰かに騙されちゃうんじゃないかと心配になるよ）

（もしそんなことがあろうもんなら、絶対に私が許しちゃおかないけどね）

思わず今日もかわいいアニータにニマニマしていると、アニータが私の顔をのぞき込んできては、赤い唇を尖らせた。

「シシリーの本命はどちらなんですの？」

「マーク君です」

（違うでしょ⁉）

違くないかな。だってアニータは『シシリー』に訊いているんだもの。

するとアニータは観念したようにため息を吐いてから「終わりましたわよ」と私の髪の毛を丁寧に乾かし始める。はぁ～極楽だった。アニータは本当に令嬢とは思えないほど多才だな。魔導の研究の道に進まなくても、その才能を活かす道はたくさんありそうに思える。

少し羨ましく眺めていると、アニータが「あたくしの顔に何かついていますの？」と尋ねてきた。

私が「今日もアニータが可愛いな、と思って」と素直に述べれば、彼女の顔が赤く染まる。

「知ってますわっ！」

「知っているんだ⁉」

何度だって言おう。今日も私の友達がとても愛い。

そんな彼女に……『私《ノーラ》』だからしてあげられることって、何かあるのかな？


いざ、デート当日である。

（やだやだやだ。ノーラ代わってよ～っ）

（別に代わったっていいけど、今日中に『ぶっちゅー♡』かますけどいいのかな？）

（かますって、言い方……）

だってそこに私からの愛情や恋慕はないのだから、ロマンチックなものを期待されても困るかな。

けっきょく髪型から洋服まですべてアニータにコーディネートしてもらったシシリーは、本当にかわいかった。アイボリーの清楚ながらもレースが効いたワンピースもよく似合っているし、少し固めの髪も毛先を巻いてもらって、より女の子らしくなっていた。

待ち合わせ場所は、郊外の図書館の前。

本当なら五分くらい遅れていって「待った？」と序列を明確にしたほうがいいかと思ったが、シシリーとアニータに猛烈な却下を食らってしまった。いつの時代の女だよ、ということらしい。

……悪かったな、八〇〇年前の女で。

というわけで、一五分前に待ち合わせ場所に着いてしまった私たちである。

どうしてこんなかわいいい女の子が男を待たなきゃいけないのかと内心イライラしていると、シシリーが自分の手を撫でていた。その爪には、薄桃色のマニキュアが塗られている。当然アニータが塗ってくれたものだ。

八〇〇年前には爪に何かを塗るオシャレがあるなんて想像もしてなかったから、けっこうビックリしたんだよね。特殊なインクを生成すれば護衛魔術にも応用できそうだと言ったら、ものすごく興味深そうな反応をしながらも『今は無粋《ぶすい》ですわよ』と、誤魔化していたアニータがやっぱりかわいかった。

置き土産として、その試作品を今度一緒に作ったらいいかもしれない。

それを基に就職活動してもらったら、彼女の憧れの王立魔導研究所からだって邪険にはされないだろう。材料の手配はアニータの伝手《つて》でなんとかできそうだから、三ヶ月もあれば形にできると思うし。

だけど今日にかぎっては、たしかに無粋かな。

今から、うら若き乙女のデートなのだ。

私がするべきことは、ソワソワしている少女を励まし続けるだけ。

(どうしたの?)

そう問えば、シシリーが思いがけないことを言う。

(手が綺麗になったな、て思って)

(そうだね。マニキュアかわいいね)

(違うよ。手自体がすべすべになったなって思ってさ)

たしかに……手の手入れは、毎日私が行っていたけれど。

自分で作った簡易的な保湿クリームだ。最近は見るに見かねて、アニータが支援してくれたものも使っていた。私はただ、気付いたときにそれを塗っていただけ。

それなのに、シシリーが言う。

(ありがとうね、ノーラ)

(いきなりどうしたかな?)

(わたし、ノーラに出会えて本当に良かった!)

ちょっと、シシリー!?

それを言うのは……もう少し後でいいんじゃないかな……。

そんなこと言われたら……残りの楽しい青春が少し切なくなってしまうよ。

(……これからもよろしくね、シシリー)

(うん！　よろしく、ノーラ！)

だけど、さすがは私が見込んだ男。きちんと待ち合わせ時間より早めに来てくれたらしい。

よかった、感傷に浸る暇がなくて。

デート前に泣くなんて失態を犯したら、シシリーに迷惑をかけるところだった。

カジュアルなシャツとカーディガンを着たマーク君は少し駆け足でやってくる。

「すまない。こんな早く来ているだなんて思わなかった」

「早起きしちゃっただけだから……おはよう、マークくん」

「あぁ、おはよう」

おぉ、シシリー。ちゃんとできているじゃない。

恥ずかしそうにはにかみながらも、きちんと話せている。

これは……私が出る幕はなさそうかな？

「それじゃあ、行こうか」

「うん」

まだ手を繋ぐ仲ではないけれど。

隣を歩く二人は、紛れもなく青春をしている。

だけど、場所が図書館というのがいけなかったのかな？

図書館はいつの時代も、基本的には私語厳禁である。

二人とも真面目な性格ゆえか、もくもくと研究資料を漁っていた。

八〇〇歳のおばちゃんからしたら『もうそれ私がやっとくから、二人はオシャレなカフェでも行っておいでよ』と言いたくなるところである。

ようやく会話をしたと思っても、

「これも難しいかな？」

「予算的にカンパを募らないと厳しそうだな」

「ごめん……言い出しっぺのわたしがカンパ出せないかも」

正直、その内容が明るくない。

シシリーパパは今、監査官から指導中の元横領犯だものね!?

学費以上の援助は頼めないよね!?

お金かぁ……。なんかできることないかなと考えていたときだった。

「あ、この本……」

シシリーが手を伸ばすのは、彼女の背丈からしたら少し高い位置の本だった。

「あぁ、これか？」

それをマーク君が取ってあげようとして……。

おおおおおっと、二人の手が重なる！

その体勢のまま、二人は顔を見合わせて。同じタイミングで頬を赤く染める。

「あ……ごめんね」

「いや……どう、ぞ」

わあああああああ♡　これよ、これ！　私はこういうのを求めていた。

やるじゃない、図書館デート。ばかにしてすまなかった。

ああああもうっ、シシリーも取ってもらった本を読んでいるフリをして、全然頭に入ってなあああ
あいっ、かわいいっ。ほんとうにかわいいいっ。

そんなシシリーの内心を知ってか知らずか、マーク君が首を伸ばしてくる。

「ずいぶん古い本のようだが、何が書いてあるんだ？」

「あ……えっと。ちょっとあっちで読み込んでくるね！」

そしてパタパタと走り去ってしまうシシリーがかわいい！

かわいいけど……もうちょっと頑張ってほしかった。

（外野うるさいよ）

（ふふ、ごめんて）

そうしてふと目に入ったのが、シシリーが持ってきた本だ。

マーク君の言うとおり、かなり古い装丁である。

だけど……だからこそか。私には見覚えがあった。

（あぁ、なつかしいね。それ私が書いたやつだ）

（へ？）

著者、ノリス＝ノデラ。それは私が趣味で書いた論文で使っていた別名義である。

魔導協会の大賢者・ノーラ＝ノーズだと、何かと出しにくい論文もあったのだ。この場合だと『ママに怒られない☆ゼロ点テストを隠しきる方法』がそれにあたる。

（変なタイトルだなぁと思ったんだけど……どんなことが書いてあるの？）

（要は隠密魔法の論文かな。当時の子供でも使えるようになるべく簡単に……最終的には擬態結界を鏡面化する魔法を提唱したと思うよ。我ながら面白いとは思ったんだけど、さすがにおもちゃみたいな発想だなぁって別名義にしたんだけど……）

ちなみに現在『ノーラ＝ノーズ』名義の論文はすべて絶版にされているようだ。

まぁ、私のことが大っ嫌いな国王陛下の仕業だろうね？

だけど『ノリス＝ノデラ』の名義は、誰にも教えたことがなかったから……こうしてひっそりと今に残っているのだろう。貸出明細を見ても、誰も利用した形跡はないけれど。

そんな遺物はさておいて、私はシシリーに早くマーク君のもとへ戻るように説得しようとしたときだった。

（これ、使えるんじゃない？）

（えっ？）

（半分で鏡面化すれば、反対側にも同じ光が作れるってことだよね!?　そうしたら材料や手間も半分で済むから、経費や時間の削減ができるかも！）

たしかに鏡面化の魔法は子供でもできるように定着の材料も安価で、魔法イメージも見たままを想像するだけで簡単だから……なるほど。花火に応用するには最適な技法かもしれない。

「これならいける！」

シシリーは自ら走り出す。図書館の中を走ったらだめだと思うけど……職員に怒られなきゃいいだろう。これもまた青春だ。

だけど、シシリーがどんなに捜しても。

図書館のどこにも、マーク君の姿が見当たらない。

（わたし、なにか怒らせるようなことをしちゃったのかな）

（そんなわけないでしょ）

落ち込むシシリーを一蹴する。

だけど、シシリーの気持ちもわからないでもない。デートの途中で無断で帰られてしまって落ち込まない人間などいないだろう。こんなことになるなら、位置判別の魔法でもかけておけばよかった。

そうしたらすぐさま転移して、今すぐマーク君をぶっ飛ばしてやれたのに！

図書館を一周しても、マーク君の姿はない。

目的の本を抱えてしょんぼりするシシリーを見ていられなくて……素敵なカフェでお茶して、気分を上げさせようかと考えていたときだった。

「あれ……」

途端、シシリーが端に飾られていた植木に近付く。彼女が拾ったのは革のバングルだった。

（これ、マークさんのじゃない？）

（えっ？）

彼の着けていた装飾品なんて、まるで気にしていなかった私である。

だけどシシリーが言うのなら間違いないだろう、と確信して、私はバングルの魔力痕跡を見た。

すると案の定、そのバングルにはマーク君の綺麗な魔力が沁みついている。どうやらいつも身に着けていた逸品だったみたいだね。

（ちょっと身体を借りてもいい？）

身体の所有権を譲ってもらい、私はバングルを観察した。金具が緩んでいる様子はない。故意に外したものだろう。そして案の定、裏側に小さな魔術式が刻まれている。

（簡略化しすぎてわからないね）

（現代の子からしたら、そうだろうね）

だって、これは八〇〇年前に私が開発したものだもの。

魔法の解釈で言えばそう難しいものではなく、幼子につけるような迷子防止の術式である。

だけど八〇〇年前の術式を使った魔導道具なんて、たとえ貴族だろうと、おいそれと手に入れられるものではないはずだ。たとえ当時は使い切りの安物だったとしても。

そんな前文明の道具を手に入れられる立場なんて――

（ま、これが残っているなら話は早いね）

私はバングルの魔術式を展開させ、残っていた魔力を解放させる。

すると薄《う》っすら伸びていく魔力の道。この道は、持ち主のもとまで続いているはずである。

（それじゃあ、デートのマナーも守れない野郎をぶん殴りに行きましょうか！）

（こんなものが落とされているんだから、何か危ない目に遭っているんじゃなくて⁉）

私は走りながら、シシリーのナイスな指摘を聞く。

いや、まあね……物的証拠からして、まるで誘拐でもされそうになり、マーク君が目印代わりにわざと落としたと考えるのが必然なのかもしれないけれど。

正直、それだと私が面白くないのだ。

（だって、男が誘拐されるとか。ロマンスなら逆であるべきじゃないかな？）

（それどころじゃないでしょ！）

あら、シシリーに怒られちゃった。

この半年でずいぶんと逞しくなったなぁと嬉しく思いつつも、辿り着いた先は図書館の裏。業者が使う搬入口的な場所である。

そこでわかりやすいタイミングで馬車に乗せられようとしているマーク君。猿ぐつわを口に嵌められ、腕も背中で固定されている。

なんとも見事な誘拐タイミングである。

思わず、腰に手を当てて観察しちゃうくらいには。

「ふむ……」

（いや、早く助けてあげてよ！）

まぁ、シシリーがそう言うなら、助けてあげるべきだよね。

シシリーにやらせるという手もあるけど……実践経験などゼロに等しいだろう子には少々難度が高いかなと、私が魔力を練り始めたときだった。

「なに物騒な魔術を使おうとしてるの!?」

そう私を押しのけて妨害をしてくるのは、見覚えのある色男、アイヴィン＝ダールである。

失敬な。ちゃんと図書館には引火しないよう控えめな爆発魔法にしておいたのに。

私服のアイヴィンは躊躇《ためら》うことなく誘拐現場へと突っ込んでいく。どうやら魔術は極力使わない方針での鎮圧を試みているらしい。手足に込めた魔力で威力を上げたパンチやキックで、誘拐犯を三人は鎮圧できたようだ。

だけど犯人は五人。残る二人がそそくさとマーク君を積み込み、馬車はあっという間に発進してしまう。アイヴィンもすぐさまタイヤを撃ち抜こうと魔術を放つも、どうやら防護壁が用意されていたようだ。いくら若きエリートの魔導士とて、加減された魔術の威力はたかが知れている。

大きく舌打ちするアイヴィンが、くしゃっと髪を掻きあげる。

彼なりに必死だったのだろう。珍しく男らしい彼を、私は下から見上げて笑う。

「あーあ。カッコ悪」

「それは馬車ごと爆散させれば良かったって意味？　マクシミリアン王子の安否を厭わず」

「どういうこと？」

私が疑問符を返せば、アイヴィン＝ダールが低い声音で告げた。

「彼はマクシミリアン＝フォン＝ノーウェン。現ノーウェン国王陛下の弟君《ぎみ》だ」


マクシミリアン＝フォン＝ノーウェン第三王子。

人によっては、王子として生まれただけで『勝ち組』と揶揄《やゆ》してくる人もいるだろう。

だけど、僕はこれまで自分の生まれを憎むことはあれど、感謝などしたことはない。

僕の母親は、王宮のメイドでしかなかったからだ。

いわゆる『お手付き』というやつだ。国王の気まぐれで抱かれ、孕まされ、生まれた自分。妾《めかけ》の子としての周囲からの目は厳しく、長兄と次兄が王宮で堂々暮らしているのに対して、母と自分だけ離れの小屋で生活させられる始末。もちろん、僕らの面倒をみてくれる侍女なんて一人もいない。食事も、洗濯も、小屋の修理まで、全部自分たちの手でしたものだ。

だけどそれでも、あるときまでは幸せだったんだと思う。

食べ物に困ったことはなかったし、着る物だって豪華とは言えなくとも、背恰好に合わせた物を用意してもらえていた。話によれば、父親である国王がきちんと手配してくれていたという。

たまに会う国王は、いつも大切なものを見る目で僕を見下ろしていた。

『ずいぶん大きくなったなぁ。このまま健やかに生活しなさい』

教育の機会も兄たちと同じように与えられ、幸い魔力も人より多かった。だから魔術を学ぶ機会も増やしてもらい、僕が読みたい本は何でも用意してもらえた。

――けっこう恵まれてるじゃないか。

幼いながら、そう思ったものだ。お母さんはいつも僕を哀れむような目で見て、僕が寝た後にいつも泣いてばかりだったけど、その頃はそんな不幸だなんて思ったことはなかった。

そりゃあ、王妃や兄たちからの視線は痛かったし、多少の嫌がらせはあったけど。父親である国王に相談すれば、すぐに治まった。

なんで、お母さんはいつも僕に『ごめんね』と謝るのか、わからなかった。


そんなある日、国王が崩御した。突然の病だったという。

すぐに次兄であるスヴェインが王座に就いた。長兄じゃないんだ？　と思ったけど、なんか長兄も最近体調が思わしくなく、ずっと王宮に引きこもっているらしい。

スヴェインはひときわ僕に厳しかったから、これから苦労するだろうなと思った。

その頃、僕はまだ六歳やそこらだったから、母と城を出て暮らすなんてことは子供だてらに無理だと思っていたし。でも、なんとしてもお母さんだけは守らないと。

そう、思っていたのに――スヴェインはまるで人が変わったかのように、僕に優しかった。

『いいものをたくさん食べるんだぞ。お前の魔力はとても綺麗だ。どうかそのまま大きくなれ』

兄に頭を撫でられたのなんて初めてだった。

しかもスヴェインは、今までと人が変わったように真面目に為政に取り組み始めたという。まだ齢二〇歳やそこらだというのに、先王である父と変わらない統制をあっという間に築き、世界は何も変わらないように平穏を続けていたという。

――だったら、僕も一生懸命に勉強しよう。

幼心に、そんな素晴らしい兄を支えたいと思った。妾の子とはいえ、そんな兄と半分も血が繋がっていることが誇らしかった。王族なんて関係なく、スヴェイン王が築く素晴らしい世界の一助となれば――そんな夢をお母さんに語ると、なぜかいつも悲しげな顔をされたけれど。

でも、悪いことじゃないと思ったんだ。だって、僕が一生懸命に世の中の役に立てば、きっとお母さんにも、もっといい生活をさせてあげられる。そうだろう？　城の中での立場も良くなって、もう夜な夜な繕い物をすることも、冷たい水で手を荒らすこともなくなるんだ。

だけど、そんな夢は八歳のときに途絶えた。

『おまえ、もう要らない』

その宣告は突然だった。少し遠くまで遠征に行っているかと思いきや、浮かれた様子で戻ってきた。そして、スヴェインが僕を見て開口一番に笑いながら言ったことがそれだ。それだけだった。

それから、僕らの生活は一変した。

一切の支援がなくなったのだ。食べ物や着る物、一切が何も与えられなくなった。

水すらも、離れの井戸を使っているのがバレたら怒鳴られる始末。前までは汲むのを手伝ってくれるくらい優しかった兵士たちが、だ。

泣いて懇願する僕らに、彼らはこっそりと教えてくれた。

『ごめんな……全部、スヴェイン陛下からの命令なんだ。なんか、もっといいものを見つけたからって』

さっぱり意味がわからなかった。だから、直接話を訊きに行こうとした。

王座に就いてから、あれだけ優しかった賢明な兄だ。きっと、これらにも深い意味があるに決まっているって――お母さんには『やめなさい』と止められたけど。僕は行った。

そうしたら、そばに近寄ることも許されなかった。

『もう王宮に立ち入ることもやめなさい。おれらも、小さい頃から見ている子供を殺したくなんかないんだ』

兵士さんのあまりに悲痛な表情に、なぜか僕まで悲しくなった。だけど、そのときチラッと見た兄のそばには、見たことのない子供がいた。

僕と同じくらいの年齢だと思う。とても痩せっぽちだったけど、どこか知的な雰囲気のする少年だった。同性ながらに、顔立ちが綺麗だとも思った。

そんな子供に、スヴェイン陛下はかつて僕に向けていた顔を向けていた。

『魔力の質は小さい頃からの生活が大事だからね。たんと食べて、健やかに育つんだよ』

それは父である先王の表情とも、とても酷似していて。

なんだか気持ち悪くて、僕はすぐに逃げ出した。

今すぐ、ここから逃げなきゃいけないような気がしたんだ。

――おまえ、もう要らない。

なぜだろう。今までの僕らの世界が、その一言からすべて壊れてしまったような気がして。

だけど、そんな僕の決断も、すでに遅かったんだ。

僕らの家に戻る途中で、使用人さんたちが集まっている光景を見かけた。みんながそれぞれの仕事道具を持って泣いていた。泣きながら、箒《ほうき》やバケツやめん棒やおろし金とかを振り下ろしていた。

『ごめんね……こうしないと、私たちが……本当にごめんね……』

彼らが仕事道具を振り下ろすたびに、その輪の中から聞こえるうめき声。それは女性のものだ。

そのうちの一人が、呆然としていた僕に気が付いた。そして、また悲しそうな顔をして。

みんなが手を止める。僕の足はふらふらとその真ん中へ向かっていた。

そこには、僕のお母さんが血まみれになって倒れていた。

『お母……さん……？』

『そこに居るのは……ごめんね。もうお母さん……目が見えなくて……ごめんね……』

手も足も、顔すらも血まみれになったお母さんを、どうやって小屋まで連れ帰ったのかを覚えてはいない。代わりに、その後お母さんが全身の痛みと高熱で苦しんでいる姿をとてもよく覚えている。


そして、死んだ。

最後まで『ごめんね』と謝りながら、僕のお母さんが死んだ。

その後、なぜか一人になった僕の生活が改善された。偉い人が陛下に進言してくれたらしい。

その代わり、その偉い人が遠くへ左遷されてしまったらしいけど……僕のもとへ、最小限の食糧が届けられるようになった。

『たしかに王族が立て続けに死んだら、風評が悪いな。ぼくも浮かれすぎていた。スペアも多いに越したことはない。兄が死んでよかったね』

何を言われたのか、当時の僕にはさっぱりわからなかったけど。

ちょうど同時期、たしかに長兄であった男が病死していたらしい。どうやら王の血筋は短命らしく、それは自分も例外ではないとのこと。

だけどそんなことより、スヴェイン王は、僕に信じられないことを言ってくる。

『だから、これからも健やかに育ってくれ——ぼくの新しい身体の予備として』

そして一五になったとき、僕は魔術学校に通うように命じられる。このままでは将来、城の中に僕の居場所はないらしいけど、それでも『予備』として最低限の学歴があったほうが便利らしい。

これでも正式な立場は第三王子……繰り上がって、表向きは第一王位継承者だ。外の学校に通うため、表向きの護衛が必要とのこと。

そのときに紹介されたのが、僕と同い年の『本命』だった。

『王立魔導研究所のアイヴィン＝ダールです。どうぞよろしくお願い致します』


――あぁ、こいつのせいで、僕の価値がなくなったんだ。

――だから、僕のお母さんは……。


馬車の中で、僕はふとそんな過去を思い出していた。

ゆるく結ばせた猿ぐつわを外し、一息吐く。

「なんであいつ、あんな悔しそうだったんだろう」

僕の護衛役という立場上、僕に何かあれば助けるのがあいつの役目だ。

だけど、あくまでそれは仮初《かりそ》めの立場。

別に僕に何があろうとも、あいつが『国王の依り代』ということには変わりないのだから。

あいつさえ無事ならば、別に誰に責められるわけでもないのに。

アイヴィン＝ダールという男は、連れ去られた僕を見て、非常に悔しそうな顔をしていた。

「馬鹿なやつ」

あいつなんて、残された短い時間を楽しく過ごしていればいいんだ。

今日『シシリー＝トラバスタ』を利用したのは、あいつへの腹いせ。

好きな女を取られるかもって、少しでも焦ればいい。

「あぁ、好きな女の前で、カッコイイところを見せられなかったからか」

そうだ。そうに決まっている。

あいつが、僕に関心なんてあるはずがない。

あったとしても、優越感だろう。あるいは哀れみか。

少なくとも、あいつの態度からして、『器』でなくなった僕を羨ましがっている気配はない。

僕のすべてを奪った男、アイヴィン＝ダール。

これから『王の器』として、哀れに消えていく男、アイヴィン＝ダール。

あいつが自由になって、こんな場所からいなくなってくれたら……なんて、あいつの呪いを解く方法を探してみたりもしたけれど。

代わりに、僕が『王の器』になりたいかと問われれば、お母さんがいなくなった今、決してそういうわけではなく。

そう、別に、あいつが可哀想だから呪いを解く方法を探していたわけでなく。

「くそっ……」

僕はひとり、舌打ちする。

この行き場のない感情を、どこへ向ければいいのだろう。

だから、僕は新しい行き場所を探すんだ。

誰も僕のことを知らない。

僕ではない、他の誰かになれる場所へ――

実はマーク君が、この国の王子様だという。

そんな王子様が悪いやつらに誘拐されてしまった！

なんてこったい、どのみちこのまま放っておくわけにはいかない。お国のピンチだ！

……なーんて。

私、ノーラ＝ノーズが偽善者ぶる必要があるのかな？

「じゃあ、クズ王の親戚はやっぱりクズだったってことで、帰ろうかー」

両手を打った私がくるっと踵《きびす》を返そうとすると、それを止めようとしてくる両名である。

「待って待って待って。殿下はむしろクズ王の被害者だから。もうちょっと慈悲を持って？」

（だったらなおのこと追いかけてビンタの一つもしなきゃだよ！）

二人がなんだか面白いことを言ってくるけど……私は何もわかっていない彼らに半眼を返す。

「だってこの誘拐、狂言じゃん」

「どういうこと？」

「マーク君が自ら仕組んだ誘拐劇でしょ、ってこと」

（ど、どうして!?）

私の断言に、心の中のシシリーがとても驚いている。

だから彼女の後学のために、私は丁寧に解説した。

「そもそも正直、急にシシリーをデートに誘ったということから疑惑的だったよね。そして案の定、マーク君はわざと迷子防止のバングルを落として私たちに追わせ、これ見よがしなタイミングで誘拐されていった。私たちを目撃者にすることで、作為的な逃亡であることを否定してもらいたかったんじゃないかな？」

その説明に、シシリーは息を呑んでいて。

対して、アイヴィンの顔には呆れがにじみ出ていた。

「きみ、ヘルゲ嬢とノリノリで準備してなかったっけ？」

「それはそれ。本当にピュアな青春の一ページだった場合に備えただけ」

「俺、今一番トラバスタ嬢に同情している」

失敬な！　私だって、ただのピュアな青春であってほしかったさ！

まぁ、それでもシシリーが望むならね。私はなんでも叶えますとも。

「シシリーが自らビンタしないと気が済まないと言うので、やっぱりクズ二号には散々痛い目に遭ってもらおうと思うのだけど……しばらくほっといて、世の中の厳しさを知ってもらうのはどうかな？」

(わたしはクズ王の親戚なら同じくノーラの敵なのかなって思っただけだよ!?)

こんな女の子にもクズと呼ばれる国王、どんまい♡

なんて溜飲《りゅういん》を下げつつも、私は魔法の式を描きながらも、アイヴィンに聞いた。

「ちなみに誘拐犯ならびにマーク君の協力者は、信用できそうな相手なの？」

「そうだったら俺がこんなに慌てていないと思うけど？」

「たしかにー。マーク君の独断でお金を使って実行したけど、いつ逆に本当に誘拐されるかわからないってところだね！　そんな計画の杜撰《ずさん》さが子供らしくてかわいいなー」

私がニッコニコで答えると、いつも以上にアイヴィンが半眼で睨んでくる。

「そこまでわかっているなら、早く連れ戻すのに協力してほしいんだけど！　どうせわかっているだろうから言っておくけど、俺が学校に派遣が許されたのは、マクシミリアン王子の護衛って大義名分があるからだからね！　それを失敗したとなれば、すぐさま国王に呼び戻されて――」

「あ～、それはまだちょっと早いねぇ……」

これでも王宮に乗り込む準備は着々と進めているのだが、まだ時期尚早なのだ。

ともなれば、私も必然的にマーク君の家出奪還に協力する必要がある。

だけど、もう一つだけアイヴィンに訊いておきたい。

「でも、それだけ？」

「どういうこと？」

「マーク君を助けたいのは、己の保身のためだけ？」

すると、アイヴィンが苦笑する。

「あいつの母親も、同じ男に殺されたようなものだから」

「傷の舐め合いをしたかった？」

「ほんと言い方……子供心ながらに、ずっと仲良くなれたらと思っていたよ。お互いの立場上、難しいのもわかっていたけどね」

そう、まだたったの一八歳が諦めたように笑うから。

八〇〇歳のオバサンは、思わず世話を焼きたくなってしまうのだ。

「もう、しょうがないなぁ」

私はちゃっちゃと完成させた魔法式を、マーク君の落としたバングルに絡ませた。

すると、まるでバングルが犬の首輪にでもなったかのように、私も魔力の手綱《たづな》をついつい引っ張っていく。

「なに、その魔術？」

「このバングルに刻まれていた迷子防止の魔術があったでしょ？　その先駆けとなった魔法がこれなの。バングルに染みついたマーク君の魔力を辿ってくれるってやつ」

バングルに本来刻まれていた魔術式は使い切りなのだ。対して、今使っている魔法は道具関係なく、相手の魔力の痕跡さえ残っていれば、ハンカチでも鼻紙でもなんでも追えるというもの。

その魔力の持ち主に向かって、猛ダッシュする手綱に引っ張られるがまま足を進めるも――忘れちゃいけないのが、私の足の遅さである。

「ひゃわわわわわわわわっ」

「うわぁ、こんな不格好な『稀代の悪女』はレアだねー」

（犬に散歩させられている人みたいだねー）

直接会話してないのに、最近のアイヴィンとシシリーが仲良く辛辣なのがとても悔しい。

だから、アイヴィンに八つ当たりしてやるのだ。

「私たちに、マーク君の正体とか教えてよかったのかなっ!?」

身分を隠しての通学プラス護衛付きなんて、絶対の機密事項であろう。

アイヴィンの話術ならば、いくらでも誤魔化すことができただろうに。

だけど優雅についてくる彼は、とても爽やかな笑みを浮かべていた。

「信用してるよ?」

「信用が重いっ!」

ともあれ、私が息をぜえはあしながら辿り着いたのは、これまたお決まりの街はずれの倉庫街。

街に輸入された物品が一度保管されるような場所だね。そこで案の定、馬車を乗り換えるつもりだったのだろう、マーク君が自らおんぼろな荷馬車に乗り込もうとしていたときだった。

「誘拐の手筈って、八〇〇年経っても変わらないものだね」

「原始的な方法のほうが、魔術師からしたら追跡しづらいものだからね」

「それはたしかに」

そんなことを大声で話していれば、さすがの当人も気付かないはずがない。

こちらを向いて固まるマーク君に、一発迷惑料を払おうとしたときだった。

マーク君の協力者であろう業者(の恰好をした誰か)が、背後から彼の首元にナイフを突きつけた。

そして、声高らかに叫ぶ。

「王子の身柄はもらった！　助けたければ、身代金を用意しろっ！」

わかりやすい手のひら返しに、私はにっこりを隠せない。

「それじゃあ、こちらも容赦なくやらせてもらおうかな」

正直言おう。私はシシリーに憑依してから、結構鬱憤《うっぷん》が溜まっている。

憑依早々の殺人人形《キリングドール》暴走事件以降も色々な被害や問題に巻き込まれているが、私が直接手を下せたことがあっただろうか。

新入生披露観劇会の密室化事件のときは、アニータがすべての制裁の手筈を整えてくれたね。

体育祭のときは、婚約者くんをぶっ飛ばしたような気もするけど、アイヴィンが怪我をしちゃってナアナアになったというか。そのあとの要らぬ再会でそれどころじゃなくなったというか。

夏休みにシシリーの里帰りに付き合ったときは……まぁ、元から家族の問題だったから、私には関係ないっちゃ関係なかったし。

アイヴィンのお母さん事件も……狭い研究室だったたし。

そして、今である。

ようやく、ようやく私の目の前に、悪者らしい悪者がやってきた！

「いやぁ、魔力が鈍《なま》っていたんだよねぇ!?」

私が手を振るたびに、爆発が巻き起こる。

私が高笑いをあげるたびに、雷鳴が轟く。

私が足を踏み鳴らすたびに、地面が裂け、石礫《いしつぶて》が噴き上がる。

私が何かするたびに、周囲から恐怖と絶望の悲鳴が湧き上がる。

あぁ、なんたる快感。爽快感。

心が洗われるとは、まさにこのこと。

愉快？　……ううん、愉悦だね。

「いや待って!?　被害者思いっきり巻き込んでいるから一旦止まろう!?」

「何のために居るのかな、次代の賢者アイヴィン＝ダール？」

「断じて悪女の尻拭いじゃないことを願いたいよね!?」

そんなことを叫びながらも、ちゃんと馬は先んじて逃がしつつ、マーク君の周りに結界を張りつつ、倉庫に飛び火する前にすべて鎮火させている気遣いはとてもカッコいいと思うよ。

だけど、私もただ憂《う》さ晴らしのためだけに暴れているわけではない。

すべては、これを彼女に教えるためなのだ。

（これ、全部シシリーの魔力でやってるからね？）

（えっ？）

私の中で完全にビビり散らかしていたシシリーに告げると、彼女はきょとんとしているけれど。

私、ちゃんと知っているからね。

アイヴィンの研究室で資材の実験しようとしたときとか、『わたしは魔力ないから……』とまだ怖気付いていることを。

こんだけ派手な魔法を使えるんだから、あんな実験くらいできるに決まっているじゃないか。

これで少しは伝わってほしいものである。

もうシシリーにとって『私《ノーラ》』は要らない存在なんだよって。

もうあなたはただの『枯草』なんかじゃない。

立派なひとりの魔導士なんだよって。

私なんか居なくても、もう十分強い女なんだよって。

それでも、まだあなたの中に居させてもらいたいと願う私は、なんて悪い女なのだろうか。

「ま、そんなことより！」

しんみりするのは後回し。

とりあえず、私はすっかり静かになった焦土を、足取り軽く進み始める。

そして腰を抜かしている王子の腹に、私は足を載せるのだ。

「ご無事で何よりだね、マクシミリア王子様？」

そばでアイヴィンが「一番物騒なやつが何言ってるの⁉」と喚いているけど、ひとまず無視。

現に、私の足の下で王子様が唾を飛ばしてくる。

「ど、どうして僕のことを助けたんだ⁉」

その語気の強い疑問に、私は笑みを崩さぬまま小首を傾げる。

「私が助けたいと思ったから？」

「絶対に僕を助けるだけなら他に方法があっただろう⁉」

えー、なにこいつ。助けてもらってわがままますぎないかな？

いくら魔力が綺麗とはいえ、まだまだ子供。

おいたをしたらお灸を据えられるってことが、まだわからないのかな？

私はマーク君に少し体重をかけながら、にたりを笑う。

「あなたの半生を誰かから聞いたわけじゃないけど……どっかのクズ王から、身体を寄越せとかって言われてたことない？」

すると、彼が長い前髪の下で目を見開いたようだ。

「アイヴィンは、そんなこともお前に話して――!?」

「誰にも聞いてないよ。ごめんね、私、天才なんだ」

現代の天才が「こんな嫌みのない自称天才を初めて見たよ」なんてぼやいているけど、ぼやいているだけなので。ここは私に任せてもらえるということなのだろう。

うん、やっぱり信用が重いね？

まぁ、友人としてなら応えてみせますけれど。

「それだけ魔力が綺麗なら、あいつが目をつけるのもわかるよね。だって、私が目をつけた逸材だもの。でもアイヴィンが現れて、お役御免にされちゃって立場なくなっちゃった？　だから誘拐でもされたことにして、新しい場所で新しい人生でも送るつもりだった？　自死を選ばないだけ前向きと褒めてあげるべきなのかもしれないけど……それを容認することはできないかな？」

私の推察は、どうやら的を得ていたようである。

わかりやすくむくれるマーク君が、年相応でとても愛い。

「なんだよ……僕を助けるって、ただ綺麗ごとを吐きたいだけか？」

「あれ、なにか勘違いしてる？　私は私のためにあなたを助けただけだよ？」

私は決して足をどけないまま、マーク君に顔を寄せる。その際、さらに体重がかかってしまうのは仕方ないだろう。実際、彼のお腹はなかなか固くて、きちんと鍛えているようである。

「いやぁ、あのクズの後にまともな後継者がいないなら、それも困ったもんだと思っていたんだけど……ちゃんと王位継承権を持つまともな子がいて良かったよ」

これはシシリーの旦那様として及第点な肉体だね、とも満足しながら。

私は彼の邪魔な前髪を無理やり上げて、まっすぐ彼の青い瞳に向かって微笑んだ。

「だからマーク君には、ちゃんと普通に次の王様になってもらおうと思って」

「は……？」

マーク君が目を丸くしていた。

そんな驚くことかな？

れっきとした王位継承者なんだから、彼を持ち上げる一派が現れたって、何もおかしくないでしょうに。それこそ今までストレートに継承者が決まっていたほうが、歪んだ営みではなかろうか。

だけど、現代の平和な為政の下《もと》に生きる彼にとっては、不思議な話だったのかもしれない。

だから、私は極力優しい対応を心掛ける。

「ま、卒業するまでにゆっくり覚悟を決めておいてね」

さて、言いたいことは言った。

しかし、このままシシリーとのデートを再開、というわけにもいかないだろう。

美味しいケーキでもアイヴィンに奢ってもらってから帰ろうかなぁ……と踵を返せば、背後から大きな舌打ちが聞こえてくる。

「またお前のせいで……お前が、変な女とつるむから！」

「その変な女がいたから、おまえは無事でいられたんだけどね」

変な女って、まさか私のこと？

殴打音が聞こえたと思って振り返れば、マーク君がアイヴィンに掴みかかっていた。

アイヴィンの頬が赤く腫れ始めている。

おーおー、男同士の喧嘩だね。八つ当たりというのが美しくないけど、これも青春かな。

「どうせ、お前は僕に興味すらないんだろう⁉　ただ自分が生き延びるための駒にしかすぎないもんなぁ⁉　よかったなぁ、女と楽しく短い余生が過ごせて！」

「…………」

アイヴィンが反撃も反論もしようとせず、悲しい顔をしていた。

まぁ、殴り合いで芽生える真の友情もオツだろう、そんなときだった。

シシリーがどこか固い声で話しかけてくる。

（ちょっとノーラ、代わってもらえる？）

（え、いいけど……）

もちろんシシリーからの申し出を断る権利なんて私にはない。

すぐさま身体を明け渡して、私は幽体として観察を決め込む――と。

「マークくん」

シシリーは臆することなくマーク君の腕に触れる。

そして「邪魔するな！」と振り払われるよりも、前に。

パシーン――と。
シシリーがマーク君の頬を思いっきり引っ叩《ぱた》いていた。

お？

おおお？

おおおおおおお!?

これには私もアイヴィンも、叩かれたマーク君本人もビックリである。

しかも、すぐさまシシリーは声を張るのだ。

「あなたの事情はどうでもいいけど、わたし心配したんだから！　それを謝るほうが先じゃないの!?」

「え、あぁ……君を利用しようとしたことは、とてもすまないと思って……」

「そうじゃないから。わたしは、マークくんが居なくなったことを心配したの！」

あまりに優しい怒りに、マーク君も呆気にとられてしまった様子。

「アイヴィンも同じでしょ？」

鼻息荒いシシリーに、アイヴィンもまた無表情でこくりと頷く。

それにまた、マーク君は驚いたように目を瞠《みは》っていて。だけどすぐに顔を逸らした。長い前髪が邪魔で顔が見えないけど、少し肩が震えているように見える。

実際、一番近くでそれを見ていたシシリーは、「じゃあ、みんなで帰ろう！」とマーク君の手を引っぱっていってしまった。マーク君も唖然としながらも、ついついついていってしまっている。

その後ろで、アイヴィンがぼそりと呟いた。

「トラバスタ嬢、強すぎない？」

私もそう思う。

ちょっと強く育てすぎたかもしれない。

実際、なかなかついてこない私たちに、シシリーが「遅いっ！」と怒っている。

私たちの違いをすぐ見抜いたアイヴィンに、その同意が届けられないことが、ひどく嘆かわしい。


そして翌日。アイヴィンの研究室を借りたシシリーとマーク君は、なんやかんや花火の基礎術式を完成させることができた。あとは後輩たちの研究結果と合わせて、アイヴィンが発射装置の開発とともに、仕上げの調整をするだけである。

すると、アイヴィンは授業の休み時間に、こっそり私に確認してきた。

「あれ、文化祭までに仕上げればいいいんだよね？」

「なんか忙しいの？」

私が何気なく問えば、アイヴィンは「こう見えて俺、かなり忙しいって話したことなかったっけ？」と呆れ顔。しかし、今回は他の思惑がある様子だ。

「インターン生への課題に使わせてもらおうと思ってね」

就業訓練《インターン》は卒業を控えた三年生にとって、とても大事な行事と聞いている。実際の就職とは違い、どんな職場も二週間だけ学生を受け入れてくれるというのだ。当然、その態度や成績次第で、正式な入職が決まる場合も多い。

アイヴィンも王立魔導研究所の正職員として、学生の面倒をみるということなのだろう。その題材に、この花火の仕上げを使いたいのだという。

「今どきはそんな簡単でいいの？」

「稀代の大賢者を基準にしないでくれる？」

もちろん、この会話はアイヴィンとのナイショ話だ。絶対にアニータに聞かれるわけにはいかない。

だって王立魔導研究所の就業訓練《インターン》に、彼女が申し込まないわけがないのだから。

「……そんなことよりさ、文化祭って恋愛にまつわる伝承があるって本当？」

「え、あぁ……最終日の夜に時計塔の屋上で告白すると成功するってやつ？」

「そう、それ！　絶対に協力してよね!?」

「まじで？」

誰を、となんて言うまでもない。シシリーとマーク君である。

私が昨日あの後、二人がどんなにいい感じなのか話そうとしたときだった。

アイヴィンの動いた視線につられて見れば、珍しくうちの教室に入ってくる男子がいた。

マーク君である。

まっすぐに私たちのもとへやってきては、少しぶっきらぼうに告げてきた。

「次の自習時間に植物園の手入れを先生から頼まれた。一緒に来るか？」

「……もちろんですとも」

まぁ、護衛役として、人気の少ない場所にはなるべく一人でいないようにという配慮だろう。

今までわざわざマーク君がこうして来るところなんて、私は初めて見たけどね。

素直に頼るようになったのは、マーク君なりに何か心境の変化があったのか。

アイヴィンが少し嬉しそうに手を挙げてくる。

「ちょっと行ってくるね。先生にはてきとーに言っておいて」

「うん、任せて」

私も笑顔で手を振り返すけど……正直、もっとお喋りしたかった。

だって昨日、あの後もプンプン怒るシシリーにタジタジのマーク君が、いい感じに尻に敷かれながら研究を完成させてたんだよ。もうねー、マーク君の目の色が今までと違っていたんだよ。

二人が同じビーカーに触れたときなんかも……うん、あれは絶対にいけるって！

その光景を、アイヴィンは色々と報告に行っていたから見てなかったんだよ、もったいない！

だからぜひとも、この青春のときめきを共有したかった！

肝心のシシリーが冷たいからね。

（だってノーラ、昨日からうるさいから……）

（いやー、シシリーも将来は王妃様かー!!　枯草令嬢からの成り上がりサイコーだね！）

（わたし、全然そんなこと望んでないからね!?）

何を言っているのかな？

私は最初に、しっかり言ったじゃないか。

友人に恋人、優しい家族に最高の進路――全部私が用意してあげるって。

その一番大事であろう恋人がしっかり用意できそうで、私はほっと一安心である。

「文化祭が楽しみだなぁ」


だけど、その前に。

みんなにとって。

私にとっても。

とても大事な就業訓練《インターン》が始まる。

2章　決死のインターン

私は、自分を生んだ女の顔を知らない。

気が付いたら魔法協会で生活していた。乳児のときに計測した魔力の量が常人の域を超えていたから、英才教育として物心つく前から協会に囲われていたらしい。『おまえは賢者になる人間だ』なんて言われて、会長でもあった侯爵家の養女ということになっていた。

養女といっても、それは肩書きだけ。

ただ稀代の魔導士を他国に奪われないためには、王族と婚姻を結ばせてしまうのが一番だ。だけど王族入りさせるのが、素性も知れない私生児というわけにもいかない。

そのための〝ノーズ〟という侯爵位。

『はじめまして。僕がお前の夫になる男だ』

そんな婚約者と出会ったのは、たしか八歳くらいのときか。

偉そうな男だな、と思った。

でもまぁ、これで王太子殿下だし。二つか三つ年上だし。

それでも、私は知っていた――多少の無礼をしたとて、八歳にして一般魔導士の証とされる試験に合格した天才少女が、そう簡単に処罰されないことを。

だから、私はお辞儀《カーテシー》なんかせず、握手のための手を差し出す。

『はじめまして。私があなたの妻になる女だよ』

当然、私の言動に周りの大人たちは騒然となる。

だけど、目の前の王子様は違った。

笑って、『よろしく』と私の手を握り返してくれたのだ。

・

だから、私は夢を見た。

この男と結婚したら、私にも本当の『家族』ができるかもって。

そんな、淡い無駄な夢を見たんだ。


そんな私の婚約者ヒエル＝フォン＝ノーウェン殿下もまた魔法の『秀才』だった。

帝王学のみならず、魔法に関しても精力的に勉強していた。

その結果、齢一二歳で魔導士の試験に合格して、たいそう賑やかなお祝いのパーティーが開かれていた。そんなパーティーに、私も婚約者として招かれる。

でも本当は、私はこんなパーティーに来たくなかった。

だって、試験合格史上最年少は八歳――私が四年前に記録を更新したのだ。

――私が『おめでとう』って、嫌みなのでは？

だから、お父様の言いつけも聞かずに隅っこで美味しい食事を楽しんでいると、大股で近付いてくる少年がひとり。無論、鼻息荒くしたヒエル殿下だった。

『お前、どうして僕に祝いの言葉を言いに来ない！』

『いやぁ、お腹が空いていたもので』

これ以外、なんて言い訳をすればいいのかな。

これでも私なりに配慮したつもりなのに。

すると、彼は私が食べようとしていたケーキを手づかみで奪っては食べてしまう。

『それ、最後の一個だったのに！』

『うるさい！　これが祝いで勘弁してやると言っているんだ！』

そうして彼は私の手を引いて『お前ずっとケーキばかり食べすぎだろう！　肉も食えっ!!』と強制的に場所移動をさせられてしまう。

私はもっとケーキを食べたかったけれど、そのあとの肉料理もそれなりに美味しかったと思う。

そうして、彼と一緒に働く機会が増えた。

王太子とて、正式に王位を継承するまでは見聞を広めるために、様々なことを勉強するらしい。

『そのわりに、協会に来すぎじゃない？』

『魔法が好きなんだ。悪いか？』

『別に。好きにすればいいんじゃないかな』

実際、彼はいち研究者としても十二分な成果を出している。特に、既存のものをよりよく改良するアイデアに長けていた。あと、報告書がとてもわかりやすい。よく私の書いたレポートをより詳細に、そして誰が読んでもわかるような情報の取捨選択をして書き直してくれる。別に頼んでいるわけじゃないんだけどね。彼曰《いわ》く、せっかくいいものを作っても、他の人に伝わらなければ意味がないということだ。

なので、後処理はいつも彼に任せて、その日も私は私で開発に勤しんでいたのだ。

『お前、今は何の研究しているんだ？』

『魔力で動く義手開発』

『会長から極大魔法の研究をしろと言われていただろう！』

たしかにそんな命令は受けていた気がする。

でも、私は知っているのだ。

別に他の仕事をしていようが、きっちり成果を出せば、それ以上何も言われないということを。

『私、攻撃魔法って嫌いでさ』

『こないだ巨大な魔物を一発で消し炭にしていたやつが？』

『だからだよ。私ができることを、わざわざ他の人もできるようにするために時間を割くって……なんか無駄じゃない？　私がやればすぐだもの』

この時代、瘴気《しょうき》というエネルギーにより動植物が巨大・暴走化する事案が多々あった。

自警団や騎士団で手に負えない場合、協会から魔導士が派遣されて討伐を手伝うことも少なくないのだが――私としては、観光ついでのおいしい仕事である。

だからいつでも行くのになぁ、とか思いながらカチャカチャと義手をいじっていると、ぼそりと聞こえる声があった。

『…………この天才が』

『なんか言った？』

『別に』

短く答えて、彼も再びレポートへ向かうものだから……。

そのときの私は、特に何も気にしていなかったのだ。


それは、突然だった。

『お前は、僕と研究のどちらが大事なんだ？』

そのとき、私は瘴気の研究に没頭していた。

各地で瘴気による疫病の発生や魔物の凶暴化の件数が徐々に増えてきていた。なので、瘴気の鎮静化についての研究指令が下されるのは時間の問題だろう――と、私は先んじて没頭していたのだ。

『んー、今は研究かなぁ？』

私は計量をしながら答える。

そりゃあ王太子様のお命も大切だけど、国民数千億人の命……申し訳ないが、いくら尊き命とて、私は大勢をとる主義である。むしろ尊いお方だからこそ、そこは合理性をとっていただきたいと思うのは、私のわがままなのだろうか。

まぁ、最近殿下のそばに女の影が絶えないという噂くらい耳にしている。協会の事務員という話だけど……まぁ、私なんか元は孤児ですし。殿下の暇に付き合ってくれるならありがたいくらいである。というか、お前も暇なら手伝えっての。

『そんなことより、このレポート見てくれるかな。地脈から噴出している瘴気をおさえる装置はもうすぐできそうなんだけど、でもそれをすると自然体系が崩れて火山活動が頻発化しちゃいそうで――』

『もういいっ！』

あら、私のレポートを一瞥もせずに行っちゃった。

そんなに読みにくかったかな。さすがに忙しいといっても、もう少し丁寧に記すべきだったか。

『ま、それなら一人でやるか』

まだ状況が緊迫化しているわけでもないから、一人でやっても間に合うだろう。

その憶測は当たっていた。およそ半年後、緊急事態として協会に最重要案件と研究を依頼されたときには、私はほとんどすべての研究を完成させていて。そのときには瘴気の再生利用法として医療に応用するすべての立案報告書の作成も済んでいた。

結果としては、やはり瘴気は完全に止めてしまうと環境に悪影響があるので、しばらくは避難に徹しつつ、その間にゆっくりと瘴気濃度を下げる魔法陣を敷いて、数百年単位で元の環境に戻す――その報告を、ひとまず私はヒエル殿下に報告したのだ。レポートの不備があれば教えてほしいと、そのお願いも兼ねて。

だけど、彼は言った。

『この——悪女めっ！』

『えっ？』

『瘴気を止められるのに、止めないだと!?　しかも瘴気を利用して人体の治療に活かそうなどと——そんなことを国民に報告できるわけがないだろうが!?』

『待って？　だから、ちゃんと書いたじゃない』

しかし、ビリビリと。

私が半年以上かけて完成させたレポートが破られてしまう。

書き直すのは簡単だ。

だけど、あまりのショックで少しだけ動けずにいた、そのとき。

『衛兵、この女を捕らえよ！　こいつは全国民を己の研究に利用しようとする稀代の悪女だ！』


いやぁ、まったくもって、未だに理解できないかな。

なぜ、ヒエル殿下が急にあんなことを言い出したのか。

あれから八〇〇年経っても夢に見てしまうほど、あのときの胸の痛みは消えてくれないらしい。

まだ窓の外は暗かった。心の中のシシリーも起きる気配がない。

「がんばって研究してたんだけどなぁ……」

でも実際、世界は八〇〇年後もこうして平和に続いている。

むしろ、今のほうが平和なんじゃ……？

その事実は、世界にノーラ＝ノーズなんていなかったほうがいいと、そう告げているようで。

「私なんて、目覚めなきゃよかった――」

「それじゃあ、夜の散歩でもする？」

その声は、窓の外から。

トントンとノック音に揺れる窓を、私は苦笑してから開いてみれば。

そこには女好きする色男が、にっこりと目を細めていた。

「女の寝室に乗り込むなって、前にも言わなかったっけ？」

「だから乗り込んでないよ。ちゃんとノックしたじゃん」

「窓からだけどね」

アイヴィン＝ダールはまるで悪びれる素振りもなく、こちらに手を差し出していた。

「行こうよ。俺も今晩は寝つきが悪くてさ、遊び相手が欲しかったんだよね」

「私が寝ていたらどうするつもりだったの？」

「キスして目覚めさせようと思ってたけど」

その得意げな顔が気に食わなくて、私は彼の通った鼻筋を思いっきり摘まむ。

「シシリーのファーストキスをアイヴィンなんかにあげるわけがないでしょ」

「あ、そういう解釈になる？」

「シシリーに内緒にしてほしければ、私にアイスでも奢ることだね」

私は適当なカーディガンを羽織って、窓から出ようとすれば。

「それ、いつものことじゃん」と苦笑したアイヴィンが私の手を掴んでくる。

「御意《イエス》、俺の女王様《マイ・クイーン》」


「トラバスタ嬢、もうちょっと声張って大丈夫だ！」

「はいっ！」

今日は楽しい演劇部の活動の日。

シシリーは魔導解析クラブ、私《ノーラ》は演劇部として、表向きは部活動を掛け持ちしている私たち。

文化祭の準備は魔導解析クラブのみならず、こちらもきちんと進んでいる。

私が指示通りに台詞《せりふ》を読み上げれば、部長が「よし！」とカットをかけた。

「だいぶいい感じに仕上がってきたな。トラバスタ嬢もあんまり遠慮しなくていいからな。観客にインパクトと恐怖を与えてやれ！」

「任せやがれですわっ！」

そう、なんと今回は私にも役を与えてもらったのだ。

役名は取り巻きA。ヒロインに敵対する令嬢の取り巻きの一人である。いわゆる端役《はやく》だけど……台詞も三つあるし、本番にはドレス風衣装も用意してもらえるという。

嬉しいな。みんなと一緒に、今度こそ舞台を作ることができる。

私のボス役である悪女を、新入生披露観劇会で歌姫役を務めた新入生が担当する。彼女を引き立てるような名脇役を、八〇〇年前の『稀代の悪女』が見事務めてみせますとも！

「次、私の番だから」

そうやる気に満ちた私に、暗に「どけ」と言ってくるのが今回の主役。ハナ＝フィールドちゃん。

そう、とうとう彼女は演劇部の主役まで上り詰めたのである。相変わらず眼鏡は分厚いし、制服も野暮《やぼ》ったいままの彼女。だけど相変わらず歌も上手ければ、演技にも深みがある。

正直、可憐なヒロインが一年生ちゃんで、敵対する悪役令嬢役をハナちゃんがやるのかと思いきや……なんとハナちゃん。恋する乙女の演技がめちゃくちゃ上手かった。もうオーディションのときに、見ているこっちが泣けてきてしまうほど。

――ハナちゃんって、今、恋してるの？

前にそれを聞いたときには、何も言わず叩かれてしまったけれど。

この題目もやっぱり恋愛もので、前世で結ばれなかった青年が神様になっており、波乱万丈の今世では彼が背後霊となってヒロインを指南、そして『来世ではあなたと恋がしたいですわ！』とハッピーエンドを迎える時を駆けた恋愛ストーリーなのだが……その台詞を口にしたときのハナちゃんは、本当に可愛かった。嬉しさと、恥ずかしさが入り混じった様子が本当にかわいかったのだ。

……絶対に、現実でも恋をしていると思うんだよね。

「でもハナちゃん。やっぱり眼鏡は外さないの？」

「あなたには関係ないでしょ」

やっぱりハナちゃん、私に対してだけ異様に冷たい。

いやー、クラスも部活も一緒なんだし、そろそろ心を開いてくれていい頃合いだと思うんだけどな。

（ほんと、ハナちゃんは何者なんだろうね？）

（相変わらずノーラの片思いなのが面白いよね）

（シシリーは言うようになったよね……）

思わず心の中でシシリーに半眼を向ければ、彼女は小さく口を尖らせた。

（だって、ノーラにはわたしがいるでしょ？）

……は？

え、ちょっと何？

シシリー、もしかしてハナちゃんに対してヤキモチ焼いていたの？

アニータではなく、シシリーが？

（もちろん、私にとってシシリーは特別な――）

（あ、そろそろ職員室行かなくていいの？　インターンの書類出さなくっちゃ）

（これからがいいところだったのに！）

だけど大事な書類を提出しないと、就業訓練《インターン》には参加できないわけで。

その〆切りが今日なのだ。私は部長に断りを入れてから、職員室へと向かう。

(本当に、王立魔導研究所にしなくていいんだよね?)

(何度も言ってるでしょ。今回はノーラに付き合うよって)

(……うん)

そうして職員室の前まで着くと、廊下で思わぬ光景に出くわす。

私の親友アニータが、アイヴィン＝ダールに向かって頭を下げているのだ。

は? これは許すまじかな。

「ちょっとアイヴィン! 私のアニータに何したの⁉」

「待って? 今の光景を見て何をどう勘違いしたの?」

何をどう勘違いと言われても、なぜ私のアニータがアイヴィンごときに頭を下げなきゃいけないのか。

ムッとしている私に、嘆息を返すのはアニータだった。

「早とちりはやめてちょうだい。あたくしはただ、正式に王立魔導研究所へインターン申請書を提出したから、お世話になる指導役の方にご挨拶していたまででしてよ」

「そういうこと。インターン生の面倒は俺が見ることになっていてね」

あー、そういうことか。なんかそんなことを言っていた気がする。

(少し考えればわかりそうなことではあったけどね)

ほんと最近、シシリーちゃんが辛辣で複雑……。

そんな成長著しい同居人は置いておいて、「それはすみませんでしたねー」と降伏印に両手をあげれば、アイヴィンは改めてアニータに偉そうだった。

「ま、顔見知りだからって容赦しないから。ヘルゲ嬢、覚悟しておいてね」

「もちろんですわ！　ビシバシご指導ご鞭撻のほどよろしくお願いいたします！」

アニータのやる気はひとしおだった。

この就業訓練《インターン》はある意味、入職試験のようなものらしい。この結果次第では、実際の入職試験で書類審査も通らないということで有名だとか。

アニータは夢に破れたら、家のために結婚しなければならないという。

そんな一世一代の大勝負に、私は「がんばれ」と応援することしかできない。

すると、アニータとアイヴィンは目を丸くしてきた。

「何を他人事みたいに。あなたも一緒なのでしょう？」

「さっきマークからも言われたよ。シシリー嬢と一緒にインターンできるのが楽しみだって」

ふむふむ。『シシリー♡マーク君』の恋愛が着々と進行しているのも、是非とも応援したいのだが。

今回ばかりは、そう言ってられないのだ。

「言ってなかったっけ？　私は王宮メイドのインターンに行こうと思って」

すると、二人は揃って口をあんぐりと開ける。

「あなたがメイド!?」

「きみがメイド!?」

さすがに失礼ではなかろうか。

王宮のメイドなんて、乙女の憧れ。

人生一度はメイド服を着てみたいと思って何が悪い。

なのに、私の友人は真剣に言ってくる。

「今からでも遅くないわ。おやめなさい。メイドは諸侯貴族に喧嘩を売る仕事ではなくってよ？」

「アニータは私をなんだと思っているのかな？」

しかしアニータの表情は硬いまま。

対面に座っているアイヴィンとマーク君も苦笑したまま、誰も否定してくれない。

いや、本当にひどくない？

しかも今は王都へ向かう馬車の中である。行き先が近くということで同乗させてもらうことになったのだ。アニータの目的としては、何が何でも私を説得して、研修先を王立魔導研究所に変えさせたいらしい。

そんなわけで、ついでに同乗していたアイヴィンも口を出してくる。

「けどせっかくの花火の仕上げを自分でやらなくていいの？　例の件なら俺ひとりでやっておくし。このままうちに来たら、存分に仕上げ作業も、なんならうちの資材を使ってもっとすごい花火も作りたい放題だよ？」

「資材を使いたい放題というのは大変魅力的ではあるけれど……その最後を大切な友人に任せるってのも、なかなかオツだと思わない？」

私が口角を上げれば、アニータは感動してくれたのか「シシリー」と目をキラキラさせてくれている。ふっ、これで王立魔導研究所行きは免れたかな。

だけど一つ気になるのが……向かいのマーク君である。

シシリーに対して、そんな野蛮だと思われているなら遺憾なのだが……。

私がそろーりと彼を見上げると……マーク君は無表情のまま告げた。

「トラバスタ嬢のメイド服、けっこう似合うんじゃないか？」

さすがは将来の王子さまああああああああ！

いや、今も王子様なんだけど。そこは将来のシシリーの王子様ってことで。

（だからそんなこと言っているのノーラだけだからねっ！）

心の中からツッコみがくるけど、私は気にしない。

仕事の途中で、王立魔導研究所まで行く余裕はないかな。一応、二週間のうち中二日は休日ということになっているのだけど……なにせ将来がかかっているから、そこでも先輩に媚《こび》を売り……ではなく食事に同行したり、タダ働き……ではなく自主研修に勤しんだりするのが普通らしい。

だけど、どうにかこうにか、シシリーのメイド服をマーク君に見せたい。

そのために魔術の一つや二つ開発することもやぶさかでないよね。

ということで、今からでも脳内で写実魔術ができないものかと構想を膨らませていると、アイヴィンがアニータに確認している。

「ヘルゲ嬢、何回も言うけど、この花火の完成がそのままきみの入職に繋がると思ってくれていいからね。個人的には応援しているけど、俺は手を貸せないから。マークと二人でがんばってね」

「望むところですわ！」

そしてアニータが、マーク君に向かって「一緒に頑張りましょう！」と手を差し出している。

マーク君は少し渋りながらも「よろしく」とその手を握っていて。

まぁ、マーク君としては自分は将来国王になるからと、同じ立場でないことに罪悪感を覚えているのかもしれないけれど。

すると、シシリーがツッコんでくる。

(同じ立場ではないのは確かかもしれないけど、国王になるつもりはないんじゃないの？)

(あと二週間くらいはね？)

私は変わらず写実魔術の構想を練りながら、馬車の外を眺める。

本当はアニータの手を私が握り返したかったな、なんて思ってはいけない。

そう遠くないうちに消える私は、ひっそりと彼女を応援することしかできないのだ。


そして、途中でひとり（正確に言えばシシリーと二人）、先に馬車から降ろしてもらう。

「いいこと？　何かトラブルを起こしましたら、ヘルゲの名前を出すのですよ！　すでにお父様たちに根回して、色々隠ぺいする覚悟はしておいてもらってますからね！」

「城までちゃんと行ける？　寄り道しちゃだめだよ？　怪しい人に声をかけられても、ぶっ飛ばしちゃダメだからね？　イライラしたことがあったら三秒考えてから行動してね？」

「体調には気を付けて」

ほんと、アニータとアイヴィンは私を何だと思っているのかな？

マーク君のシンプルな優しさが身に沁みるよ。さすがはシシリーの王子様。

（いい加減しつこいよ？）

そういうわけで、私は大声援を受けながら一人でトランクを持って、王城の門まで歩く。

今日は眼鏡をかけた門兵がいない。そのことに少し安心しながら、普通の兵士さんに案内され、集合場所の中庭に着いたときだった。

「どうしてあんたがいるのよ！」

見知った顔に、私はにっこりと微笑む。

いやー、嬉しいねー。

全国各地の王宮メイド志望者たちは、ざっと五〇人。その中で選ばれるのは一〇人程度だという。

そんな戦《いくさ》を、二週間も戦い抜くのだ。

その中に双子のお姉ちゃんがいるって、すごく心強いよね？

「それじゃあ、お姉ちゃん。二週間仲良くしようね？」

「い〜や〜〜〜〜っ!!」

シシリーの双子の姉こと、ネリアの絶叫がこだまする。

お姉ちゃんが今日も元気そうで何よりである。

シシリーのお姉ちゃんこと、ネリア＝トラバスタ。

双子という血筋通り、緑の髪からエメラルドの瞳まで、二人の見た目はそっくりである。かつてはそれを利用して名義を入れ替えてテストを受けていたこともあるんだとか。

そもそもシシリーから養分を吸い取って『枯草』にしたのが、このネリアお姉ちゃんであるわけで。

「わーい、お姉ちゃんとペアだ。嬉しいなぁ♡」

「あんまりだわ……。わたくし、ここから新しい人生を始めようと思っていたのに……」

だけど、私が憑依してから数ヶ月。

まぁ、お姉ちゃんとも色々ありまして、こうして仲良くなったトラバスタ姉妹。

どうやらメイドの研修は二人一組で仕事をこなしていくものらしいので、ずーっとお姉ちゃんにひっついていた私のペアの相手は、当然のようにお姉ちゃんになった。

正直、この場所にお姉ちゃんがいるとは予想外だった。

だから、私はじゃぶじゃぶとお洗濯をしながら訊いてみる。

「どういう心境の変化で王宮メイドを？」

「やっぱりわたくし、勉強苦手なんだもの。どのみち誰かと結婚するしか生きる手立てがないのよ。だったら、王宮で働きながら出入りする有力貴族とお近付きになろうかと……」

かつてはわがまま放題遊びたい放題だったお姉ちゃんだが、二学期に入ってから、シシリーの部屋にこっそり勉強を教わりに来ていたこともある。私の見立てでも、今から学問の道に進むのは厳しいだろう。卒業試験も危ういんじゃないかな。

だから……ネリアの腹黒い算段も、崖っぷちの手段なんだろうね。

「このまま爪をかじって、トラバスタ家が没落していくだけなんて嫌だもの」

学のないネリアが領主になるのは絶望的。ならばイイ跡取り男を捕まえるために狩りに出るというのは……それはそれでたくましいのかもしれない。

ただ結婚して、相手の財力とステータスに乗らないと夢が叶えられないってのが辛いね。

しかし、なんか既視感があるような？

（ノーラがわたしの結婚相手を探しているのと似ているね）

（ほっといて）

それはそうと、今や私もメイドさんである。

私もこの場に相応しいメイドになるべく、おしとやかに、シシリーの長い髪を二つの三つ編みにしてみた。白と黒のメイド服に、そんな緑の三つ編みがとてもよく似合っている。元から清楚な顔つきだからね。より献身さが引き立って、男性ウケをするのではなかろうか。

大ダライの水面に映るそんなシシリーの顔。もとい、シシリー本人とは少しだけ違う表情。

あれ……なんか、誰かに似ているような？

「ぼんやりしてどうしたのよ？」

「あ、別になんでもないかな」

隣で同じ作業をしているネリアの動きはちゃぷちゃぷと控えめだ。

そんなでは汚れが落ちないだろうと私はじゃぶじゃぶしていると、お姉ちゃんがボソリと呟く。

「でも、あんたも似たようなこと考えているとは思わなかった」

「えっ？」

「てっきり、もう家を捨てるつもりなんじゃないかと思っていたから」

そこのところ、実際シシリーはどうなんだろう。

心の中のシシリーは、何も答えない。

だけど、ネリアはどこか嬉しそうにしていて。

またすれ違っちゃうのかな。でもそんなことにはならないと思うんだよね。

(だってシシリーは将来マーク君と結婚して王妃様になるんだから、生家の名前が残らないはずがないし！)

(ノーラっ⁉)

やっぱり私の計画には隙がない。完璧だね。

だから、この姉妹の将来のためにも……。

「よし、お洗濯もこんな感じかな！」

すすぎ終えた水をジャーッと捨てて、私は押し付けるように絞ってから洗濯物を入れた桶《おけ》を持つ。

「ちょっとシシリー、待ちなさいよ！」

相変わらず口調が偉そうだけど、『わたくしの分も持ちなさい』と言わないだけだいぶマシになったのだろう。だからこそ「お姉ちゃんおそーい！」と振り返りながら意地悪く笑ってみせたときだった。

「あら？」

私は石かなにかに躓《つまず》いて転んでしまう。桶の中の洗濯物はひっくり返っていた。

……当然、真っ白になったはずのシーツが土で汚れているよね。うん。

「何してるの！　怪我はない!?」

「あー、少し膝を擦りむいたっぽいけど、大したことは……」

どうせ魔法ですぐに治せるし。

だけどのぞき込んできたネリアに「あーあ、バカねぇ」と目視されてしまうから。これはすぐに治したら怪しまれてしまうかも。治療魔術は生徒同士の行使が禁止されている高位魔術だからね。体育祭のときに人前でやらかしているけど……一応。まだ大きな問題を起こしたくない。

まぁ、こんなにシシリーの心配をするお姉ちゃんの顔が見られたなら良しとしようか。

実際、心の中のシシリーも満更じゃないみたいだし。

その中で、唯一の問題は——

「それじゃあお姉ちゃん、汚れちゃった洗濯物を洗い直すの、一緒に手伝ってくれる？」

「え、嫌よ。なんでわたくしが」

いや、ここは断るんだ？　と思わないでもないけれど。

残念ながら、今のシシリーには『稀代の悪女』が憑依している。

「でも私たちペアだから、連帯責任になるんじゃないのかな？」

その事実をにっこにっこと告げると、お姉ちゃんが頭を抱えた。

「も～、だからあなたはわたくしがいないとダメなんだから～～っ!!」

「あはは～、お姉ちゃんは頼りになるな～」

そして、私たちは洗い場に戻るべく立ち上がる。

私が転んだ場所でひっそり光っていた魔法陣は、しっかり鳴りを潜めていた。


その後も、私は失敗続きだった。

お掃除用のバケツを蹴り飛ばした拍子に、花瓶を落としたりだとか。

料理なんてしたことがないから、お芋の皮ではなく自分の指を切る始末。

すれ違った人に挨拶すれば、声が大きすぎて会議の邪魔だと怒られたり。

そんなことを散々繰り返せば、さすがの私もボロボロになるわけで。

「ほら、じっとしていなさい！」

「えぇ～。お姉ちゃんもドライフルーツ食べる？」

私がチマチマ食べているのは、もちろん別れ際に「餞別」とアイヴィンが渡してくれたおやつである。もちろん夕食もきちんと食べたよ。ネリアお姉ちゃんは周りの視線の痛さに辞退しようとしていたけど、私が無理やり引っ張っていった。八〇〇年前には『お腹が減ったら戦えない』なんて格言もあったからね。

なので、このドライフルーツはデザートだ。

それをお姉ちゃんに分けてあげようとする私はとっても優しいと思うのだけど……私の傷だらけの

手に一生懸命包帯を巻いてくれているお姉ちゃんは、なぜか目くじらを立てていた。

「初日からこんな怪我するじゃじゃ馬がどこにいるのよ⁉　顔にでも傷を作ってごらんなさい！

男が近付いて来なくなるわよ⁉」

「いやぁ、ブレないお姉ちゃんほんと好きだわ～」

せっかく褒めてあげたのに、お姉ちゃんの表情は晴れない。

それなら……私もちょっとは文句を言いたくもなるよね。

「でも、包帯巻くの下手すぎない？」

「うるさい、姉からの愛情がこもっているんだから早く治るわ！」

「どんな理屈？」

たとえ魔力と精神力に相関性があろうとも、残念ながらお姉ちゃんは普通に包帯を巻いてくれているだけである。ま、ほんとにそうだったらいいなって、私も思うけどね。

何はともあれ、ここは使用人用宿舎の一室。

どんな名家の令嬢とて、寝るのは六人一部屋の大部屋だ。

こんなかしましい姉妹のやりとりに他の研修生たちの視線はとても冷たくて。

完全に今日ばかりは私のせいだからさ。

これでも悪いなと思っているわけなのだ。

「……お姉ちゃん、ごめんね？」

「ふんっ、おかげさまで陰口にも慣れたわよ」

プイっとそっぽを向いてしまうお姉ちゃん。

でも強調した部分は自業自得だと思うけどなぁ？　今まで全部シシリーにさせてたツケが回ってきている説を主張したいところだけど。

拗ねている顔があんがいかわいく見えたから、私の友人に免じて今日のところはそういうことにしておいてあげた。アニータは元気にやっているかなぁ？


そして翌日。

もちろん今日も、全力でメイド仕事である。

「ほら、この洗濯物も持っていきなさいよ」

「え、これはあなたたちのでしょ？」

「わたくしたちは他の仕事を頼まれているのよ！」

なんて他の研修生に余計なシーツを押し付けられたり。

「あなたたちの午後の仕事は草むしりに変わったの聞いておりませんの？」

「聞いてないなぁ……」

なんてことを言われて草むしりをしていたところ、教育係の人に「何をサボっているんですか！」

と怒られたり。

これはすなわち、アレだよね？

私たちは同じ研修生にいじめられてしまっているわけだ？

「ほう、私たちを敵に回すとは、いい度胸しているねぇ」

「もう少し落ち込みなさいよ……可愛げのない」

悠々と顎を上げている私に対して、ネリアお姉ちゃんはせっせかトイレ掃除に勤しみながらため息を吐いているけれど。そういうお姉ちゃんもまたなかなかにへこたれていないのでは？

そもそも……あのお姉ちゃんが便座を磨くようになるとは。

（これは私の教育の賜物なのでは？）

（全面的に同意しづらいのはなんでだろうね？）

まぁ、心の中のシシリーとそう駄弁《だべ》りながらも、お姉ちゃんがやっているくらいなら私もゴシゴシ頑張りますとも。でも、お仕事はお仕事。いじめはいじめです。

一応、お姉ちゃんの将来がかかっているので、私も慎重に事を運ぶ。

「すみません、私たち、あの子とあの子とあの子たちに虐められているんですけどー！」

「ちょっ、シシリー!?」

担当の教育係が食事中の場所におしかけて、その他大勢の職員にも聞こえるようになるべく大きな声で訴えてみる。以前、アニータがこの手の復讐は大人や法律を使うようにと教えてくれたからね。真似してみたわけだ。

すると、教育係の人は特に驚くこともなく、ゆっくりと食器を置いた。

「そのくらいの嫌がらせ、王宮ではよくあることよ。嫌なら今すぐ学校に帰りなさい。卒業に影響のない程度の評価にしておいてあげるわ」

おー、すごい。

それを堂々といじめっ子本人の前でも、他の偉い――といっても、大それた役職についたお貴族様はさすがに食堂なんか使ってないけど――でも、それを言いきってしまいますか。

そして、その教育係さんが「どうするの？」と視線で聞いてくる。

私の後ろに隠れたネリアは一生懸命私の背中を引っ張っているけれど……私はニヤリと口角をあげた。

「いいえ、そういうことなら最後まで頑張らせていただきますとも！」


さらに翌日。

「どうするのよ。あんたがあんなこと堂々聞くから、わたくしたちもっと――」

「いや、あの教育係の人はとっても良いアドバイスをくれたと思うよ？」

悔しそうに今日もトイレ掃除に勤しむネリアお姉ちゃん。

出会いもなくて、一番汚い仕事がトイレ掃除だからね。私たちが押し付けられてしまっているわけだけど。トイレって利便性のよい場所にあることが多いから、あんがい悪くないんだよね。

だから「どういうこと？」と小首を傾げてくるお姉ちゃんに対して、私は見本を見せてあげることにした。

「つまり――やり返すのも合法ってことだ！」

私は汚水の貯まったバケツを持ち上げて、窓からバッシャーンッ。

もちろん、下で洗濯物に勤しんでいた研修生がいることは確認済みである。

そんないじめっ子たちが文句を言ってくる。

「ちょっと、あなたたち一体どういうつもり⁉」

「ごめ～ん、私とってもドジだから～」

てへっと舌を出した私はとっても可愛かったんだと思う。

下に居た子たちは顔を真っ赤にしてくれたんだもの。

それに対して、ネリアは真っ青な顔で言ってくる。

「あんた、そんなことしたら評価が――」

「大丈夫。私、本気で王宮メイドになりたいわけじゃないから。だからこそお姉ちゃん。本当に働きだしたら、もう私はいないんだからね？」

おそらく私の見立てでは、いじめをするような子たちも評価は下げられるのだろう。きちんと把握しているからこそ、あの教育係の発言なんだと思うけど。

それでも、黙っていじめられているだけの人間に、王宮勤めが務まるとも思えない。その覚悟を問えば、お姉ちゃんは「わかっているわよ」と小さく頷いた。

だから私は心の中にも聞く。

（ねぇ、それはシシリーも一緒なんだよ？）

それに、今日もやっぱり双子の妹は答えない。

そして、一週間後。

ネリアお姉ちゃんは、今日ももくもくと働き続いている。

ただ、大人しくいじめられているだけではなくなった。

他の研修生から頼まれた指示は、その都度教育係の人に直接確認するようになった。

あと、その報告や指示はすべてメモをとっている。サインまでもらう始末。

めんどくさいと邪険にされる恐れもあったけど、そこだけは私が後ろから、やいのやいの援護射撃させてもらって——お姉ちゃんは、だいぶ引き締まった顔をするようになった。

子供が成長するって、多分こういうことを言うのだろうな。

そんなこんなで、とても働きやすくなった王宮である。

適正に合わせて、個人で仕事を割り振られることも増えてきた。

というわけで、私は今日も一人でこのまま捨ててもいいような毛布の洗濯を終え、干そうとしていると。

「おおっと」

そりゃあ私もね、確実にやらなくてもいいようなことをやらされている自覚はありますとも？

だからやる気がなかったわけでもないけど……濡れた毛布の重みに、思わず仰向けに倒れそうになったときだ。

「そこのかわいいメイドさん？　俺の世話をしてくれませんか？」

「アイヴィン!?」

私が仰ぎ見れば、そこには少しだけ久しい色男の顔。

どうやら彼が私の背中を支えてくれたらしい。その肘にはたくさんのドライフルーツやお菓子が入った袋が下げられている。

「あ、もしかして差し入れ？」

「タイミング良く助けたことへの感謝や、久々に会った感動に第一声を使ってほしかったかな？」

とか言いつつも、彼は袋から何かを取り出しては、私の口の中にポトリ。

ひんやり冷たいこれは……一口サイズの氷菓子だ！

「ほひしい！」

「それ、ヘルゲ嬢からきみへの差し入れ。最近暑いからって、研究の合間に彼女が作ってくれたんだよ。それをきみにも食べてもらいたいっていうから、俺が届けにやってきたわけ」

さすがアニータ、私の友人は離れていてもとても愛い。

そんな愛しさをシャリシャリ味わってから、私はアイヴィンに尋ねてみる。

「おやつを作る余裕があるくらいなら、アニータの研究は上手くいっているのかな？」

「うーん……」

おや、返事が渋い。ということは、まぁそういうことなわけで。

「アニータ、諦めちゃったの？」

「そういうわけじゃないと思うよ。この氷菓子も、俺が『行き詰まったなら、少し息抜きでもしてきたら？』って言ったら、律儀《りちぎ》に作ってきただけだからね」

「それなら……差し入れのお礼にちょいと助言でもしに――」

すると、二つ目の氷菓を口に含めさせられる。

私が「むー」と呻《うめ》けば、アイヴィンが眉間にしわを寄せていた。

「こら、きみが成功させても彼女の評価には何にも影響させないぞ」

「ふぁーってひまふとも」

結局、私はシャリシャリとするしかないらしい。

うーん、世知辛《せちがら》いな。お空はこんなにも青いのに、私はなんて無力な友人だ。

私がむくれていると、アイヴィンが「それよりも」と私の毛布を持ってくれる。

「きみのほうの進捗はどうなわけ？　少なくともメイドの仕事は上手くいってないようだけど」

「メイド服、似合ってない？」

私がスカートの裾を持ってくるりと回ってみせれば、彼は私の代わりに毛布を干してくれながら苦笑した。

「それはすごく可愛いけど……なに、その怪我だらけ。わざと治療してないでしょ？」

「姉からの手当ては治癒力倍増って知ってた？」

「それは素敵な魔法だね」

こんな会話で、彼にはお姉ちゃんに手当してもらっている手前だと伝わるからラクである。

だけど……彼が本当に聞きたいのは、私が傷だらけの理由でもなく、ましてやこんな隅っこで一人あぶれて仕事していることでもないだろう。

だって、私たちは共犯者なのだから。

「もうひとつのほうもすこぶる順調だよ？　私の予想だと、そろそろ本丸からのお呼び出しが――」

「シシリー＝トラバスタ、手伝ってもらいたいことがある！」

「はーい♡」

私は振り返って、声をかけてきた兵士さんに愛想よく笑みを返した。

そして、アイヴィンとの休憩もおしまいだ。私の予想が当たったようだからね。

「お手伝いありがとうね。アニータにもお礼を伝えておいて」

「きみが王宮でもいつもどおりだったと伝えておくよ」

「なんか怒られそうな気がする」

小首を傾げながら行こうとする私の手を、アイヴィンは強く引いてくる。

「決行日時に変更はない？」

「もちろん。最終日の〇時に」

耳元で問われた疑問に、私は笑みで返して手を離す。

だけど、アイヴィンは珍しく大きな声で問うてきた。

「役割、交換してもいいんだよ！」

「アイヴィンにはちょっと荷が重いかな。ここは年長者に任せなさい」

すると、彼は悲しげに微笑んで。

無理をしないでね――と、ただそう手を振ってくれた。

別に無理とか無茶はしなくても、私はいつも全力なだけなんだけどね。

（アイヴィンさんも、悪い女に惚れちゃったよね～）

（ほーんと、シシリーちゃんも言うようになったよね～）

心の中のシシリーは今日も辛辣だけど、『稀代の悪女』と知って近付いてくるのは彼のほうである。

私はなんにも悪くない。

（ま、媚売ってよかったな～くらいは、思わせてあげるつもりだけど）

そんなことを会話しながら、私の次の仕事は資料運びである。

かなり年代物の古書だ。てっきり廃棄処分所まで運ぶのかと思いきや、言われた資料部屋は王宮の中心部。すれ違うお貴族様たちからの視線が痛い。

「どうも～」

本を抱えて手が振れない代わりに、私はニッコニッコ挨拶しながら、目的の場所へたどり着く。

「あら、どうやって扉を開けようかな」

手すら振れないのだから、外開きの扉なんてどうやって開けようか。

などと、白々しく困っていたときだった。

「どうぞ、かわいいメイドさん？」

「これはどうも。カッコイイ王様？」

内側から扉を開けてくれた殿方こと――スヴェイン＝フォン＝ノーウェン陛下。

そんな紳士のエスコートに、私は笑顔で応じて部屋へと入る。

さぁ、お芝居のはじまりだ。

「ようやく二人きりになれたな」

「思っていたより、お呼び出しが遅かったかな？」

「それは申し訳ない……お前から王宮までやってきてくれたんだ。僕に直接会いに来てくれるんじゃないかと、期待してしまった」

そう言って、八〇〇年前にはヒエルと名乗っていた男が、後ろからそっと抱きしめてくる。

「ずっと、ずっとお前に会いたかった」

「……私も」

私が少ない言葉で同意すると、彼は「ノーラ！」と嬉しそうに私の名前を叫んで。

私が古書を落とすことも厭わず、無理やり向かい合わせにさせては強く抱擁してくる。

だから、私はしとしとと宣《のたま》うのだ。

「こないだはごめんなさい。その……突然のことに、私も気が動転してしまって」

「構わない。僕らの八〇〇年に比べたら、こんな数ヶ月なんて瞬きの間だ」

私は彼の腕の中から、とある大きな絵画に目を向ける。

そこに描かれた女性は、どこか見覚えのある元事務員の顔だった。

とても気さくで、愛らしく微笑む女。その下には王妃として名が刻まれている。

没年時期は七八〇年前になるのかな。まぁ、おおよそ八〇〇年前だね。

「あの、女性は……？」

「あぁ、もう不要だな」

冷たい声で一蹴すると共に、スヴェイン陛下が指を鳴らす。

すると、絵画が燃え上がった。赤い焔《ほむら》に包まれて、かつて真実の愛を見出したはずの女性を容赦なく黒い灰へと変えていく。薄笑いを浮かべたスヴェイン陛下が、ゆっくりと私の唇を撫でた。

徐々に近付いてくる大人の色香から視線を逸らしたまま、私は尋ねる。

「いいの？」

「昔の女の絵なんてもう必要ないだろう？　あの頃は僕も若かったんだ。本当に僕に必要な女性が誰なのか、あのときの僕はまるでわかっていなかった。大切なものは、すでに手の中にあったというのに」

無駄に耳元で囁いてくる陛下を、私はいじらしく押しのける。

「陛下、今はお仕事中ですわ」

「わざわざメイドなんてしなくても、お前だったらすぐ妃に据えてやるのに」

「八〇〇年ぶりなんだもの。いじらしいのもいいでしょ？」

「ノーラ……」

本格的に、スヴェインの顔が近付いてくる。

だけど……もちろん、シシリーの唇をあなたに渡すわけにはいかないよ？

私は、そっと彼の唇を手で制止させた。

「だから、もう少し焦《じ》らさせて？」

「具体的に、いつまで？」

「インターンの最終日の夜……なんてどうかな？」

相変わらず、上背の高い男である。私が見上げれば、彼は嬉しそうに口角を上げていた。

「勿論だとも。寝室までの警護は避けておくとしよう」

「ううん。せっかくだから王座の間がいいかな」

その提案に、この男がどんな妄想をしたのかは知らないけれど——どうやらご機嫌は損ねずに済んだらしい。彼は陽気に笑い始める。

「ははっ、いいとも。それなら正装で待っていてやろう」

「ありがとう。当日を楽しみにしていて？」

そして、私はスヴェイン陛下の腕の中から抜け出して、資料室を出る。

最後にちらりと見るのは、燃やされた女の亡骸《なきがら》。

あなたも見る目がなかったね、なんて、いつか言ってやりたいものだけど。

それはまぁ、あくまでオマケの私には過ぎた願いなわけで。

だから、私はこれからを生きる少女に話しかけるのだ。

（どう？　演劇部の本気は？）

（八〇〇年前は、よくこんなことしてたの？）

どうやら、私の芝居にドキドキしてくれていたらしい。

口元を両手で隠しながら尋ねてくるシシリーに、私は思わず噴き出した。

(私、誰ともキスすらしたことないけど?)

(うわっ、悪い女!)

(そりゃあ、『稀代の悪女』ですから?)

ふふんと鼻を鳴らしながら、スヴェインから採取した髪の毛を弄《もてあそ》ぶ。

さぁ、これで下準備のほとんどが完了である。

あとは決戦の当日——就業訓練《インターン》の最終日を待つのみだ。


決戦の時は、あっという間にやってくる。

その前に少しだけ眠っておこうとするものの、まったく睡魔は訪れてくれなかった。

(ノーラが緊張しているなんて初めてじゃない?)

(『稀代の悪女』とて人間なんだから、緊張くらい——)

するよ、と軽口を飛ばそうとしたところで、気が付いてしまう。

本当に、こんな緊張したことなんて初めてかもしれない。

「くふふ、くふふふふふふ」

同室の研修生仲間はもう寝ている。だから起こさないようにと笑いを堪えようと思ったけれど……

ちょっと難しかった。こんなに面白いことは、あのときぶりか。シシリーに憑依した直後、何度も階段から落ちたやつ。

隣のベッドの子から「うるさいわよ！」と何かを投げられるけど、これは私が悪い。ま、明日は帰るだけなんだから、寝不足でも勘弁してもらいたい。

（それじゃ、そろそろ行ってもいい？）

（いつでもどうぞ）

軽いシシリーからの返事に、私も苦笑しながらベッドから起き上がる。

（本当にいいの？　もしかしたら、逆上された王様に殺されちゃうかもしれないよ？）

（どのみち、わたしはノーラがいなければ階段から落ちたときに死んでいた気がするんだよね）

（そこまでの大怪我じゃなかったと思うけど？）

あのとき、たしかに首も動かないくらい痛めたけれど……それは私が何度も落ちたからで。

それなのに、シシリーは優しい笑みを浮かべながら言うから。

（わたしの心が、死んでいたと思うから）

（……そっか）

目の奥が熱くなる。私、ちゃんとシシリーの役に立っていたんだね。

だけど、泣くのは後だ。感傷に浸るのは、これからの大仕事を終えてから。

私はなるべく静かに部屋から出る。あくまで、これは私の復讐だ。アイヴィンら王立魔導研究所職員の諸々も絡んでいるとはいえ、シシリー個人にとっては一切関係のないこと。

そんな私怨に巻き込んで、死なせるわけにはいかない。

私が固くこぶしを握りながら向かっていたときだった。

「シシリー、せっかくの最終日に何を――」

「あら、お姉ちゃん」

すっかり忘れていたが、どうやらネリアお姉ちゃんはこんな遅くまで働いていたらしい。針仕事って言ってたっけな……初めての体験だったらしいが、最後までサボらず腐らず頑張っていたようだ。

そんな立派になった彼女を、私は正面から抱きしめた。

「ちょっと、いきなり――」

「あなたの大切な妹には、一切の危害をくわえさせないから」

「えっ？」

これは、私が初めて『ノーラ』としてかけた言葉だったかもしれない。

「この二週間、とてもよく頑張ったね」

「なによ、シシリーのくせに偉そうに……」

相変わらず言葉は辛辣だけど、満更ではないようで。目にはいっぱいの涙が浮かんでいる。

そんなネリアを離して、私は横を通り過ぎた。

「お花を摘んだら、すぐに戻るね」

適当なウソを吐いて、私は歩を進める。

絶対にシシリーだけは笑って返してあげないと――と、心に強く決めて。

王座の間の扉は、重厚な見た目のわりに軽く開いた。

それが現スヴェイン陛下の気遣いによる魔術というのは、まるで嬉しくないけれど。

「あぁ、本当に来てくれたんだな。僕のノーラ」

――あなたのじゃないっての。

そう言ってやりたいのを、グッと堪える。

時間になれば、向こうから合図があるのだ。それがどんな合図なのかは「任せて」とのことだが、それまではなんとか時間を稼がなくてはならない。

「私は誰かさんと違って、ウソを吐かない女だからね」

「あのときは……本当にすまなかった……」

スヴェインという男が、本当にしゅんと項垂《うなだ》れる。

そんな彼に、長年私が募らせていた疑問をぶつけてみた。

「どうして、私に冤罪を押し付けたの？」

「お前の才能に嫉妬したんだ」

なんてシンプルな答えなのかな。

あまりのくだらなさに苦笑を漏らせば、彼は「お前は本当に変わらないな」と視線を落とした。

「稀代の天才ノーラ＝ノーズ。僕は王太子という肩書きはあれど、魔導においてノーラに到底及ぶものでない。いつしか、お前が王座を乗っ取るんじゃないか、なんて話もあがって――」

「そんなわけ――」

「僕は、お前が怖くなった」

そして、彼は手のひらから懐かしい光景を映し出す。

その技術は、紛れもなく『魔法』による奇跡。

私たちが出会ったときのこと。

パーティーでケーキを奪われたときのこと。

協会の小汚い一室で、二人で研究に明け暮れていた日々のこと。

全部、とても懐かしい……もう遠くに過ぎ去ってしまった思い出だ。

あなたも……ちゃんと覚えていたんだね。

「才能のあるお前が、常に僕の前を行くお前が、怖くなった。ただ可愛いだけの女へと逃げて……そうしたら、お前からの報復が怖くなった。お前が永遠にいない世界をつくろうと思ったが……殺したとしても、もしまたお前が生まれ変わりでもしたら？　僕がせっかく築いた栄光を、一瞬であざ笑われてしまったら？」

そんなこと、しないのに。

八〇〇年前ですら、あなたのことを馬鹿にしたことなんて、一度もなかったのに。

ただ、私が天才だっただけ。誰も私の隣に立ってくれなかっただけ。

どうやらそんな驕りが……あなたを傷つけていたらしい。

「そう思ったら怖くなって、僕は封印することにした」

だけど、そこから見える光景は知らないものだった。

ヒエル王が『稀代の悪女』を封印し、瘴気でボロボロだった国を少しずつ再生していく姿。

魔術という新しい魔導体系を確立させ、民草《たみくさ》から称えられる英雄となった姿。

顔や姿が変わっても、ひたすら王座に就き続け、常に国民のために働き続ける姿。

八〇〇年間も、人の上に立ち続けるのはどんな気持ちだったのだろうね。

それこそ誰も自分の隣に立つことを許さず、ひたすら誰かのために働き続ける日々。

それはとても凛々《りり》しくもあり……とても苦しそうだった。

「だけど、すぐにその過《あやま》ちに気が付いたよ。最初は民草全員が僕を崇めて、とても気分がよかった。

お前が色々と開発途中だった魔法を魔術という名に変え、発表するたびに皆が僕を叡智だと崇める――だけど、凡人が天才の所業を真似するなんて、人の寿命ではとても足りない。だから何十年、何百年と途方のない時間をかけて……すべてを発表しても、僕はお前に勝てたという実感が持てなかった。お前が遺していたものを、どれも超えることができたと思えなかったから」

そうして、国政にも力を入れて、国が本当に平和になったとき。

彼が数百年生きて、ようやく一息つけるようになったとき。

「僕は、激しい後悔に見舞われた。僕は常に誰の背中を追っていたと思う？」

その問いに、私は答えない。

答えずとも、その答えは明白だったからだ。

「それからは、ひたすらにお前……ノーラを求めるだけの日々になった。そして、八〇〇年経った今、ようやく再び、お前に巡り逢うことができた」

スヴェインという男が王座から立ち上がる。

そして赤い絨毯をゆっくり下りてきて、そっと私の肩を抱いた。

「八〇〇年かけて、ようやく僕は真に求めていたものに気がつけたんだ。あのときは本当にすまないことをした。どうかこれから、僕とやり直してくれないか？」

それに、私は何も答えない。

ただ少しだけ口角を上げれば、その精悍な顔が近付いてくる。

「愛している、ノーラ」

懐かしい顔。だけど知らない顔。

唇と唇が触れる、その寸前。

「ばーか」

ドーンッ、と。

太鼓のような音が胸にまで響き渡る。

大きな窓を横目で見れば、空に不格好な花火が上がっていた。

まるで花とは言い難い、ただの光の残骸のような無様《ぶざま》な花火。

その現実に、私は望む未来をわが手で掴もうとしていた友を思い、悲しくなるけれど。

合図は無駄にしないよ。

私が足を踏み鳴らせば、王城内の各地から魔力の茨《いばら》が集結し始める。

もちろん、絡める相手は国王陛下、スヴェイン＝フォン＝ノーウェン。

「これはどういうことだ、ノーラ＝ノーズっ⁉」

手足を茨に拘束され、強制的に浮かされた、かつて私を裏切った婚約者。

私は集まる魔力を再形成しながら、八〇〇年生きる王様に真顔で言ってのけた。

「昔の女が、いつまでも自分を好きだと思うなよ」

スヴェインがジタバタと身を動かすも、私の紡いだ魔力の茨が簡単に解けるはずがない。

蜘蛛に捕まった虫のような王様に、私はほんの少しだけ恩情をかける。

仮にも研究者ならば、自分の失敗原因は知りたいだろうからね。

「メイドのお仕事しながら、ここを中心として王宮内の各地に魔法陣を仕掛けさせてもらったの。ありがたく二週間も時間を貰えたんだもの。大規模な魔法陣だろうと簡単だったよ」

「各地って、メイドごときが行ける場所など、たかが――」

「そうだね。王宮メイドということだから、王城敷地内の左半分が関の山だったけど……私が昔、趣味で提唱していた鏡面術式のことはご存知かな？」

まぁ、知らないでしょう。

私の偽名に気付かず、図書館に蔵書を残していたくらいなのだから。

……とか、思っていたのに。

「まさか、ノリス名義の『ママに怒られない☆ゼロ点テストを隠しきる方法』のことか⁉」

「いや、知っていたなら、きちんと処分しようよ」

なんとも未練がましいこと。しかもタイトルまでばっちり覚えちゃって。

私は呆れながらも、時間もあまりないので手早くネタバレを続けることにする。

「研修メイドの私が立ち入れない王城の中心部に、わりかし出入り自由な現在の天才がおりまして。彼の協力のもと、私の作った術式がここからパカッと反対側に展開されるように設計させていただきました」

「そんな……僕は、そこまで魔術を発展させるつもりなんて――」

「なかった？　でも……私たちの想像なんて、今の若い子たちは簡単に超えていくものだよ」

しょせん、私たちは大昔の人間だ。いつまでも出しゃばったらいけない。

一〇〇年足らずでとっととお暇して、次の世代に明け渡すべきなのだ。

ということで、私のお喋りもここまで。

スヴェインから採取した髪の毛を媒介に、彼を拘束することには成功した。

二週間もかけて準備した大魔術、あと成功するかどうかは私の手にかかっている。

スヴェインの足元にさらなる魔法陣を展開する。その魔法陣に共鳴して、彼を捕らえている茨がより一層強く、彼の魂までも縛り付ける。

「まさかっ⁉」

それに、かつての秀才も私が何をしようとしているのか気が付いたのだろう。

「やめろ、そんな……やめてくれっ‼」

「そんな慌てないでよ。今すぐ殺そうってわけじゃないんだから」

私たちが縛ろうとしているのは、ヒエルという八〇〇年前の男の魂。

もう二度と、その身体から出て行けないように――二度と解けることがないよう魂を定着させよう

としているだけのこと。別に普通のことでしょ？　人間が一つの身体で生きて、死ぬことなんて。

だけど目の前の男は、そんな当たり前のことに抵抗するらしい。

「この身体は、あと一〇年ももたないんだぞ!?」

「もう八〇〇年も生きているんだから十分でしょ」

私は正論を言っているはずなのに、スヴェインは攻撃的な魔力を放ってくる。

あの茨には、きちんと縛った相手の魔力を抑える術式も仕込んでいたはずなのに……。

「ちっ」

私が編んでいるのは魂の定着化と、もうひとつオマケがある。

その同時行使にさらに防御魔法なんて、私でもさすがに厳しい。

八〇〇年前の、自分の身体だったらできたかもしれない。

けど、そんな『もし』に縋れば、本当に目の前のクズ男と同じになってしまう。

しかし中断してしまえば、全部一からやり直し。そんな時間をくれるほど甘い相手ではない。

スヴェインも気が動転してコントロールが利いてないうちに――と思うものの、眼前に火球が迫っている。くそっ。だけどシシリーの顔に大やけどを負わせるくらいなら――と、編んでいた魔法を中断し、防御に切り替えようとしたときだった。

目の前に突如展開された青白く拙い魔術壁に、火球がバンッと弾かれる。

「何してんのよ、ばかシシリーっ!!」

「お姉ちゃん!?」

荒い息をしたネリアお姉ちゃんが、必死に両手を掲げてシシリーの周りに防護壁を形成している。

そういやこのお姉ちゃん、勉強はしてきてないけど、生まれついての魔力の量ならあのパパを納得させるほどの持ち主だったね。

内心散々馬鹿にしてきたけど、このスヴェインは八〇〇年前は魔法の第一研究者かつ、現在の魔術技術を提唱した男だ。いくら乱暴すぎる攻撃とはいえ、一発でも防いでみせた姉の根性には目を瞠るものがある。

「偉いぞ、お姉ちゃん！　そのままあと一〇秒がんばって！」

「えぇっ!?」

そんなお姉ちゃんパワーに、全力で甘えることにして。

スヴェインも先にネリアをどうにかしようと魔術を放つも、お姉ちゃんの前には防護壁に守られた私がいる。後ろにいる人物に攻撃するようにしても、その分、命中と威力が下がるから「きゃあ」という悲鳴くらいで元気そうだ。

そんな間に――私とアイヴィンの魔法が完成する。

「でーきたっ！」

私の言葉を合図に、魔力の茨がスヴェインの中に溶け込んだ。

見た目はとても地味である。だけど確実に、彼の心には抜けない棘《とげ》が刺さったのだ。

床に落ちた彼も、その異変に気が付いたのだろう。自身の胸元を掴んだまま、目を見開いていた。

「ノーラ、お前……本当に何をした……？」

「だから言ったとおり、魂の定着を――」

「それだけじゃないだろうっ！」

激昂するスヴェインに、私はニヤニヤが止まらない。

もちろん、得意げに上から目線で説明してあげますとも。

「王立魔導研究所職員にかかっていた呪いを、術者に反転してあげたよ？」

「は……」

「だから、研究者たちに『お国に歯向かったら死んじゃう呪い』をかけていたんでしょう？　それを研究者全員分、あなたに呪い返ししてあげたの」

さて、やることは終わったので。

両手を合わせて、ニッコニコと説明してあげましょう。

「学校で今、花火の研究開発をしていてね。あ、鏡面技術も花火に使っているんだよ。その応用に気が付いたのがこの子でさ。私のお遊びで発案した技術を、八〇〇年もあとの子たちが使ってくれるんだもの。こんな嬉しいことはないよね」

もちろん、私が自分自身を指すように言うこの子とは、シシリーのことである。

それなのに、この男はその嬉しさや楽しさを理解できていないらしい。勿体ないな……昔から、あなたは私が新しい魔法を見つけて説明しても、まず否定から入っていたよね。

「花火って……子供の玩具《おもちゃ》じゃないか……」

「その子供の玩具に、術式の時間移動を組み込んだの。あ、その論文を見つけたのは、あなたの子孫だから。あなたの次の身体の予備にでもしようとしていた子だよ」

「あの……メイドとの子供か……？」

まぁ、実際花火の場合は花火玉の中に入れた魔力が未来の時間差で展開されるような設計にしたわけで、今回スヴェインに仕込んだものは、その反対になるわけだけど。

本当は八〇〇年分の呪い返しをしてやりたかったんだけどね。さすがに現状生きている『スヴェイン』という男がかけた呪いの分しか無理だった。

「無形の魔力で生んだ術式なら時間移動ができる――それを提唱したのは、五〇〇年前の王様、つまりはあなた自身だよね？　なので私も一緒に勉強して、ちょっと応用を加えて、あなたが過去に刻んだ術式をペタッと反対に写してみたわけですよ！」

「それ、ちょっとの応用とは言わないだろう……」

そうかな？　でもあなたが考えたアイデアから着想を得たのだから、これは八〇〇年越しの共同研究とも言えるわけで。やっぱり、私の気持ちや興奮は伝わってくれないらしい。

それどころか、スヴェインはあからさまにうろたえていた。

「僕を……どうするつもりだ？」

「だからどうもしないってば。急に王様が崩御しちゃったら、みんな大変でしょ？」

私はゆっくりと座り込んだスヴェインに近付く。

そして彼の顎を、今度は私が少しだけ持ち上げてみせた。

「あなたは残った時間で、しっかり今までの経験や知識を後継者に引き継いで？」

もちろん、その後継者候補がマーク君で、そのお嫁さんがシシリーだ。

なんて私の理想は押し付けないでおくけれど。でも後者はともかく、急ごしらえならマーク君以外に候補はいないでしょう。彼しか血縁者が残っていないのだから。

それこそ、よそから後継者を持ってくる？　そんなことはしない男だろう。少しでも……自分の要素を残したいと思うはずだ。八〇〇年も未練がましく『生』にしがみついている男だもの。

だけど、そんな実の息子にすら、あなたが恨まれていることを私は知っているから。

私はそれこそキスする寸前まで顔を近付けて、唾を飛ばした。

「そして、ゆるやかに一人で死ね」

私はパッと彼から手を離し、踵を返す。

よし、言いたいことは全部言ったぞ！

もう八〇〇年前の亡霊なんかに用はない。

それなのに、彼はまだ私の足に縋りついてくる。

「いやだ……死ぬなんて、一人で死ぬなんて、そんな……」

「……私がずーっと見ていてあげる」

正直、私も悪いところがないわけではないと思う。

八〇〇年前に、婚約者への配慮が足りなかったのは事実のようなのだ。

私がもう少し凡人に寄り添えていれば、こんな悲劇は起こらなかったかもしれない。

だから、仕方ない。

「あなたがきちんと死ぬまで、この世のどこかでずーっとあなたのことを見ているから」

最期まで、あなたが望んだ『稀代の悪女』になってあげようじゃないか。

「少しでもサボったら、すぐに私が殺してあげる」

だからその恐怖におびえながら、最後まで賢王としての人生を全うしろ。

そう、私なりのエールを送っているのに。

「死にたくない！　死にたくない死にたくない死にたくないっ！」

ボロボロと大粒の涙をこぼして。いい歳を超えたはずの賢王が、醜く学生の足に縋りついてくる。

……いやぁ、いい加減に我慢の限界なのですが。

そろそろ無表情で蹴り飛ばしても、私は悪くないと思う。

「最期まで――『稀代の悪女』ノーラ＝ノーズに一人で怯えてなさい」

さて、もう夜もすっかり更けこんでいるけれど、朝日が昇るまでは時間がある。

少しでも寝ておかないとね、シシリーのお肌に悪い。

だからスタスタと王座の間から去ろうとするのに……未だ扉のところから、おっかなびっくりのぞいていたお姉ちゃんが目を白黒させていた。怪我もほとんどない様子だ。よかったよかった。

「今のは……いったい……？」

「大昔には『知らぬが神』って言葉があったよ？」

私がにっこり諭して「それじゃあ今日は一緒のベッドで寝ようか～」なんてお姉ちゃんの肩を押していくと、彼女は振り向きざまに口を尖らせていた。

「これで貸し借りなしだからね！」

「何か貸してたっけ？」

私の心からの疑問に、お姉ちゃんはプンスカし始めたけど……。

心の中のシシリーがとても嬉しそうに笑っているから、私はあまり気にしないことにする。

遠くの王座から聴こえる、すすり泣く男の声なんて。


「んーっ、いい朝だね！」

「誰かさんのせいで、わたくしは寝不足だけどね」

私は青空に気持ちよく両手を伸ばしているのに、今日もネリアお姉ちゃんの嫌みが清々《すがすが》しい。

だけど、そんなお姉ちゃんからの愛を受け取るのも、また当分お預けになることだろう。学校に戻ればクラスは別だし、文化祭ではあまり構っていられないだろうからね。

お世話になったメイド長さんらに挨拶をし、私たち研修生は学び舎に帰る。成績表は学校に届けられるらしい。でも最後のメイド長からのありがたい「あなたは他の仕事を探したほうがいいわ」の一言から、私の評価はお察しだけど。

シシリーごめん。メイドも復讐も、本当はばっちり両立させる予定だったんだ……。

なのに、心の中のシシリーは、なぜか私を案じてきた。

（ノーラの気分は晴れたの？）

（あの男に復讐してってこと？）

（うん）

わざわざ訊いてくるということは…….私の気持ちも伝わってしまっているのだろう。ま、同じ身体を共有しているわけだし、多少はね？

だから私は誤魔化すことなく、素直な気持ちを口にすることにする。

（正直、微妙かなぁ。もうちょっとすっきりすると思ったんだけどねぇ……）

今はずらずらと研修生みんなで城門へと向かっている最中だ。もちろん、隣には『春までにもう少し教養を増やしてきなさい』と暗に合格をもらったネリアが歩いている。必死にニマニマを隠しているようだけどね。嬉しそうなのがバレバレだよ？

そんなお姉ちゃんを尻目に見ながら、私は肩をすくめた。

（でも、満足はしているんだよ？）

（アイヴィンさんを助けることができたから？）

（違うよ）

ま、完全に違うわけでもないんだけど。

それでもアイヴィンらの呪いや因縁は、あくまでついでのおまけなわけで。

私は、初志貫徹をぶらしたつもりはない。

（気付いてた？　昨晩ね、私、自分の魔力を呼び寄せなかったんだよ？）

（えっ？）

（だから、ぜーんぶシシリーの持つ魔力で乗り越えたの！）

私の第一優先は、あくまでシシリーなのだ。

彼女が来年の春に、自信をもって新生活を送れるようにすべてを用意する——それが私が彼女の身体を借りる条件だったのだから。

（シシリー＝トラバスタは凄いんだよ！　なんたって賢王ヒエル＝フォン＝ノーウェンを倒せるほどの大魔導士なんだからね！）

（ノーラ……）

正直、自分の魔力を呼んでしまえば、もっと早く魔術を完成させることができただろう。

そうすれば、ネリアお姉ちゃんを危険に巻き込まずにも済んだかもしれない。

だけど結果として……私の選択は間違っていなかったと思う。

（いやぁ、声高に叫んでやりたいね！　八〇〇年越しの悪霊王を倒したのはトラバスタ姉妹なんだって！　なんだったら、あのパパやママにも教えてやりたいよ。あなたたちの娘は、こんなにも凄い魔導士なんだって。魔術の名家の名に恥じない、自慢の娘たちなんだって！）

もう心の中のシシリーは言葉はわからない。ただただポロポロと大粒の涙を零して「ありがとう」らしき言葉を連呼していて。

ありがとうは、こっちの台詞なのにね。

全部、あなたが『稀代の悪女』なんかを受け入れてくれたから、為せたことなのだから。

「シシリー！」

かつて夏に、眼鏡をかけた門兵に見送られた城門の階段。

その下には、私の大好きなクラスメイトたちが待っていた。

「アニータ！　えっ、私を迎えに来てくれたの？」

「そうよ、光栄に思いなさい！」

もちろん、そこで待っていてくれたのは偉そうに胸を張る私の友人だけではない。「おつかれ」と気安く片手をあげてくるアイヴィンもいるし、疲れた様子で肩を回しているマーク君もいる。

私が後ろを振り返ろうとすると、隣を歩いていたネリアお姉ちゃんが肩を押してきた。

「早く行きなさい。わたくしはひとりでゆっくり馬車旅を堪能するから」

「うんっ！」

私は階段を駆け下りる。

もちろん飛びつくのは、私の大好きなアニータだ。

「アニータ、インターンお疲れ様っ！」

「それで、あなたはいくつ問題を起こしてきましたの？」

うん。相変わらずアニータからの私の評価はさておいて。

予想通り、アニータが複雑そうな様子である。だから手早く、私は訊いてみることにした。

「アニータはインターンの成果、どうだった？」

「……昨晩の花火、あなたは見てましまして？」

「……うん」

見たよ。ちゃんと見た。

きちんと花を咲かせることができなかった、しおれた花火。

私に抱き付かれたまま、私の肩にある彼女の唇が震えている。

だから視線をアイヴィンに向ければ、彼は肩を竦めながら差し出してきた。

「これ、ヘルゲ嬢の試作品だけど……きみならどう改良する？」

「そうだね……」

私はアニータに抱き付いたまま、手を伸ばした。

一目するに、アニータは色々難しいことをやろうとして失敗したようである。

だから指先でいじる魔力の術式は……加速度をあげる式はいらないかな。代わりに摩擦を減らす式を足す。元の火力は十分な魔力を確保していたはずだし、余計な術式はせっかくの花火の形を崩してしまう要因になるだろう。ついでに空気抵抗も整えておくけど……まぁ、なくても及第点はとれるかな。

すると、アイヴィンは満足げに花火装置を一瞥した。

「はい、お見事。このくらいもできないようじゃ、とてもうちじゃ使い物にならない。だから――そういうことだ」

その容赦のない言葉に、アニータの目からはとうとう涙がこぼれる。

「不甲斐ないですわ……あんなに、あなたに見栄を張ったというのに……」

「そんなことない。すごく綺麗な涙だよ」

「もう……あなたは慰め方も下手ですわね」

そう吐いて、アニータはわあああああっと泣き出してしまって。

私は彼女を強く抱きしめたまま、ぽんぽんと背中を叩く。

下手なんて言われてしまったけれど、私は別に励まそうとしたわけではない。

ただの本心だ。そう――あの八〇〇年生きている男と比べて。

本当にアニータの悔し泣きは、なんて美しいのだろう。

もちろん、そんな私の意図なんて彼女には伝わらないし、伝えたくもないのだけど。

だから誤魔化すように、私はアニータの背中を撫でながら、他に視線を向けた。

「ちなみにマーク君は？」

「僕は先に答えを見つけたから、途中から他の課題に取り組んでいた」

つまり彼は合格だったということだろう。アイヴィンも「今回唯一の合格者だね」と頷いている。

だから……より、アニータは悔しいんだろうな……。

少しだけ落ち着いたアニータが、ゆっくりと口を開く。

「さすがシシリーだわ。一瞬で答えがわかってしまいますのね」

「私が憎い？」

ふと思い浮かんでしまうのは、ヒエルのことだ。

だって彼は、私の才能に嫉妬した結果、こんな八〇〇年にも及ぶ蛮行を繰り返したのだから。

だけど、アニータは「まさか」と笑った。

「悔しくない……といったら、嘘になりますわ。だけど、マークさんでも一〇日も寝ずに研究して、ようやくたどり着いた答えですのよ。それを、こんな一瞬で……」

彼女は私の肩から顔を離す。

そして、誰よりも気高く笑っていた。

「あたくしの友達は天才ですのよって、世界中に自慢してやりたいくらいですわっ！」

「アニータ……」

どうしよう。今度は私のほうが泣きそうだ……。

ああもう。ほんとにもう。

どうして……私の友人は、こんなにも愛おしいのだろう。

どうして……この令嬢は、こんなにもカッコいいのだろう。

「ありがとう……ありがとう、アニータ……」

「ちょっと、どうしてあなたが泣いておりますの!?」

あぁ、ほんとに、涙が止まらないや。

私が急に泣き出したからアニータもうろたえているし、マーク君も目を白黒させているし、アイヴィンは嬉しそうに目を細めているし、通り過ぎようとしていたネリアお姉ちゃんも二歩後ずさっているし、さっきまで泣いていたはずのシシリーも「よかったね」と私の頭を撫でてくる。

でも、そんなの全部おいといて。

とりあえず今日も、私が八〇〇年かけてようやくできた友人がとても愛い。

3章　文化祭で恋の花火が打ち上がる

「みんなのヒーロー、アイヴィン＝ダール様の登場だあ！　拍手うううう!!」

うえええええええい。

まさにそんな歓声が、王立魔導研究所内に響き渡っていた。

あっちこっちで酒気が充満している。

この場所は、魔術の権威とされるエリートの集まりのはずである。

そのエリートがみんなで大いに浮かれていた。白衣を脱いでいるだけならまだいいほうで、半裸になっている者も多いし、まともなグラスを使わず、大事な実験道具であるビーカーで酒をあおる始末。

雑に絡んでくる年上研究員たちを躱しながら、俺は部屋の隅へと移動する。

こういうノリ、正直苦手なんだよね。ま、浮かれるのもわかるんだけど。

だって仕事と名誉と引き換えに、国にとられていた命が戻ってきたのだから。

起きたら忌々しい呪印が消えていたのだ。そりゃあ研究なんか忘れて大騒ぎも当然である。ちなみに、事前に何にも通達はしていなかった。所長にも何も言わなかったはずなのに……なぜか、呪いが解けたのは自分のおかげということになっていた。文句を言おうにも……あまりにみんなが嬉しそうにしているから、何か言える雰囲気ではない。

ちなみに、今日のこの宴《うたげ》も三日目らしい。

宴の初日の呪いが解けた日は、馬車でみんなと学園に戻っていたから参加できなかった。

二日目の晩は、本当に呪いが解けたのかと、自分の身体で検証実験をしていた。

そして、今晩。『さすがに一度顔を見せなさい』と所長から連絡を受けてしまい、仕方ないと転送陣で戻ってみれば、この騒ぎである。

さすがに宴も三日目ともなれば、もう少し落ち着いていると思ったんだけどな。

現に、顔を真っ赤にしたへべれけの研究員が俺の肩にもたれてくる。

「よぉ、ヒーロー。飲んでるかあ?」

「飲んでますよ、ノンアルコール」

「くそぉ、学生だからってこういうときくらい羽目外せよなあ」

「明日も朝から授業がありますからね」

年上の研究員たちが、俺のことを『ヒーロー』と呼ぶようになった。

彼らは知らない。

自分たちの自由が、『稀代の悪女』によってもたらされた奇跡だということを。

自分はただ、その手伝いをしただけ。

彼女の提唱した術式を、王城内で彼女が足を踏み入れられない場所に仕掛けただけである。

だけど、その功績はすべて『アイヴィン＝ダール』のもの。

本当の功績者の名前を、自分は後世に残すことができない。

一応、彼女に聞いたんだ――この功績を、きみの名前で公表してもいいか、と。

すると、彼女は呆れた顔で俺にデコピンしてきた。

『八〇〇年前に封印されたはずの稀代の悪女の名前を？　そんなことしてもシシリーに迷惑かかるだけでしょうが』

何をするにしても、彼女が第一に大切にするのは彼女の依り代である『シシリー＝トラバスタ』のこと。頑固な彼女だ。それは、俺が内心どんなに嫉妬したとしても、きっと彼女が身体を借りている限り、絶対に変わることはないのだろう。

いつだって、彼女にとって俺は二の次だ。

『別に、研究員たちの呪いやアイヴィンのことも、ただのついでのオマケだから』

本当に、彼女はなんてひどい女なのだろう。

俺がどんなに彼女に感謝しても。

俺がどんなに彼女のことを大切に想おうとも。

俺からの気持ちを、彼女は何一つ受け取ろうとしてくれないから。

だから、俺も腹をくくるしかない。

最愛の女王様に何かを献上するには、それ相応の贈り物を用意しないと。

だから、俺はこっそり酒とコップを持ち出して、最上階の所長室へと向かう。

ノックもなしに部屋に入ると、所長は今日も嬉しそうにケーキを頬張っていた。

「おやおや、アイヴィンもケーキ食べますか？」

「所長……お願いがあります」

所長は魔術でケーキセットを用意しながらも「なんですか？」とほのぼの訊いてくる。

俺は固唾を呑んでから答えた。

「俺の名前を、歴史に残さないでください」

「どういうことでしょう？」

差し出された皿には、濃厚そうなガトーショコラとふわっと柔らかそうな生クリームが載っていた。

彼女が美味しそうに食べる姿を思い浮かべながら、俺はその皿を受け取らない。

「所長は、今回の本当の立役者が誰だかお察しでしょう？」

「……ぇぇ」

「女の功績を横取りするとか、そんなカッコ悪いことできるはずがないじゃないですか」

「とてもアイヴィンらしい考えですね」

手渡しを諦めた所長が、机の端にケーキ皿を置く。

薄情な俺の声は少し震えていた。

「それに……今から所長には報告しておきたいことがあります」

「聞きましょう」

「俺、入職試験が終わったら、ここを退職します。多分、二度と所長に会うことはないかと」

辛うじて、笑みを作れていたと思う。

だけど親を亡くして、母さんを生き返らせること以外のすべてを諦めていた俺に……この所長が実の父親のように優しくしてくれたことを、とてもよく覚えているから。

どんなに覚悟を決めていたとしても、やはり寂しくも思ってしまうんだ。

「どこに、何しに行くのですか？」

「前者は秘密です。でも、後者は――」

そのあとを告げると、所長は視線を落とす。

だけど、その表情はとても優しくて、悲しそうで、どこか嬉しそうだった。

「そんな嬉しそうな顔で……どうして、こんなズルい男に育ってしまったのか」

「イイ男の間違いでは？」

そして、俺は持ってきたグラスに酒を注いだ。

うちの一杯を差し出せば、所長は受け取ってくれる。

「あなた未成年でしょう？」

「これは実験の成果物ですよ。結果を確認するだけです」

「物はいいようですねぇ」

苦笑しながらも、視線を上げた所長は俺をまっすぐに見上げた。

「籍は残しておきます。何かあれば、いつでも君の第二の故郷を利用しなさい」

あぁ、本当になんて優しい大人なのだろう。

決して出しゃばることなく、だけど、俺に帰る場所を残しておいてくれるなんて。

「一人の青年の明るい未来を願って」

「俺の愛しい女性と、第二の父親の末永い健康を願って」

そして、俺の父親代わりの人は、目を見開いて。嬉しそうに頬をゆるめて。

俺らは、杯《さかずき》を交わす。


文化祭の最終日の夜に、校舎裏の時計塔の屋上で、愛の告白をしたら恋が叶うらしい。

そんなよくある伝承にとても心が躍るものの、今はちょっとそれどころではない。

「はあ〜〜……」

就業訓練《インターン》が終わって、おおよそ一週間。

あれからアニータの元気がない。今も薬草学の実験の最中である。なのにアニータは頬杖をついてぼんやりビーカーの中身を混ぜているだけだった。

そんな彼女を視線の端に捉えつつ、早々に実験を終わらせた私はアイヴィンとコソコソしていた。

「どうしよう、アイヴィン。アニータに生気がない」

「きみからの相談はとても光栄だけど……あれは仕方ないんじゃないかな。幼い頃からの夢が破れたわけだし。先日も実家から母親が会いにきて、ニコニコと結婚式の話をされたらしいじゃん？」

「そんなにさ〜、王立魔導研究所っていいところなのかなぁ？」

私が口を尖らせると、アイヴィンが苦笑する。

「なに？　呪いから解放された途端に肝臓を痛めている全職員を敵に回したいの？」

「どういうこと？」

「こないだちょっと顔を出したら、みんな浮かれまくっててさ。毎晩宴会に明け暮れて、二日酔いの職員が続出らしいよ」

「自ら寿命を縮めてどうするかな」

言いながら、私は苦笑を隠せなかった。

一応、お国でトップクラスに賢いひとたちが集まっているはずなんだけどね。そんなエリート集団でも、当たり前の自由を手に入れたら飲んだくれてしまうくらいに浮かれるものらしい。

ビーカーで消毒用アルコールを飲んでいないことだけを祈っていると、飛んでくる視線が痛い。

無論、アニータである。

「今日もラブラブラブラブ羨ましい限りですわ。結婚式には絶対に呼んでくださいましね。たとえ……一張羅が麻の割烹着しかなくても、なんとかご祝儀だけは用意させていただきますわ」

「アニータの未来予想図はどうなっているのかな!?」

むしろ親の望みどおりになったのだから、お金に困ることにはならないと思うのだけど……とりあえず、アニータの心は今、絶望の淵にいるのかもしれない。

（なんだろう、こんな状況の女の子に既視感がある気がする）

（まさに『枯草令嬢』って感じだね）

（それだ！）

心の中のかつての『枯草令嬢』に指摘されて、すんなり合点がいく。

【死にたい】と願っていた、かつてのシシリー。

今やすっかり心の中で元気になった彼女は、興味津々と実験中のビーカーと教科書を見比べている。

今作っている薬は、なんてことない感冒薬《かんぼうやく》だ。ただひとえに風邪とは多症状が出るものなので、様々な薬草を配合していかなければならず、繊細な計量技術が必要となるわけだけど……アニータのビーカーはもうダメだな。すでに分離が始まってしまっている。たらたら混ぜているアニータはそれすらもどうでもいいようだけど。

「もーっ、仕方ないなー！」

私はアニータのビーカーの中身を容赦なく流し捨てて、テキパキと薬草や鉱物を集め始める。

さすがは国一番の魔術学校。一般生徒が触れられる範囲だけでも、かなりの素材が揃っている。

それに、私には秘蔵の伝手があるのだ。

「アイヴィン、ゾイサイドとベリルの魔導結晶ある？」

「俺の研究室にはあるけど……何を作るわけ？」

「おねがい♡」

私がウインクすれば、やれやれと空間転移をする次代の賢者様。

次の瞬間には頼んだ結晶石の粉末がテーブルに並び、時間をあけてこれから使いたい材料まで順次転移されてくる始末。こんな助手がいれば、私は一年くらいで魔導文明を次世代まで向上させられる自信があるぞ？

「ま、そんな出しゃばるつもりはないけどね」

そして実験を進めること十数分。

アイヴィンが「このくらいの素材で足りる？」と帰ってきたときには、もう秘薬は完成していた。

鮮やかな赤い液体が少量だけ入ったビーカーを、私は揚々とアニータに突きつける。

「はい、プレゼントだよ！」

「なんですの、それは……」

「若返りの薬だよ！」

途端、アイヴィンとアニータ（＋シャリー）が噴き出した。

しかも後ろから肩にのせられたアイヴィンの手汗が尋常ではない。

「材料からまさかと思ってたけど……マジで言ってる？」

「私を誰だと思っているのかな？」

「きみだからこそ怖いんだよ！」

八〇〇年前の稀代の大賢者さまに対する信頼どーも。

もちろん、私も大切な友達に駄作を贈る趣味はない。

「ちょーっと使用感は痛いと思うけど……効果はしっかりと保証するから。だから人生やり直したくなったときに、グビッとこれを飲んでね。今くらいの年齢からやり直すことができるはずだからさ」

「味が不味《まず》いではなく、使用感が痛いの？」

「そりゃあ、身体の全細胞を無理やり活性・再生化するわけだから……こう、骨からミシミシと……」

「やめて、想像するだけでゾワゾワする」

青白い顔をしているアイヴィンには悪いけど、私は気が付いてしまった。

ビーカーのままプレゼントするっていうのも味気ないよね？

「あ、長期保存できる容器もあるかな？　できたら可愛い形だと嬉しいのだけど」

「あーはいはい。一応用意はしてきましたけどね」

投げやりに彼が渡してきたのは、ハートの形をした小瓶だ。紐を通せばネックレスにもできるし、彫刻と見せかけて密閉遮光の魔術式も刻まれている、とってもピッタリの容器である。その金銭価値は考えないでおこう。そもそも私が彼に頼んだ素材たちも、総額は考えちゃいけないお値段のはずである。

そんな諸々の価値なんて……今のアニータにはわかっていないのか、それとも興味がないのか。

だけど私がグリグリ押し付けると、「鬱陶《うっとう》しいですわよ！」とハートの小瓶を受け取ってくれた。

「ほんと、シシリーは励ますのが下手ですわね。若返りの薬？　そんなの必要がないくらい、カッコかわいいおばあさんになってやりますわ！」

そう啖呵を切るアニータの瞳が、いつもどおり赤く燃えだしたから。

たとえ授業そっちのけで騒いでいた私たちに先生の叱責《しっせき》が飛んでこようとも、私はにんまり口角をあげてしまう。

あぁ、今日も私の友人がとても愛い。

(あのときの薬、本物なの?)

(アイヴィンやアニータには信じてもらえなかった気がするけど……私は本気で作ったよ?)

そんなことを話しながらも、あっという間に文化祭は明日に迫っていた。

今日は一日、準備として授業はお休みである。

魔導解析クラブの花火はマーク君に任せ、私は演劇部のリハーサル。

私も少し懐かしさを感じるドレスを身に纏いながら、まだお客のいない舞台の上で、懸命に高笑いをあげていた。……本当はこんなキャラではなかったんだけどね。脚本担当の生徒から『もっとパッションを出していいっすよ!』と言われた結果、こんなことになったのだ。

だけど、やっぱり……主役の演技と歌は圧巻だった。

ハナちゃんである。とってつけたような高笑いキャラでは敵わない。正真正銘の繊細なセリフ表現と、歌の迫力。正直、一〇代の女の子とは思えない奥深い演技だ。

私が心の中で崇拝に似た感情を抱いていると、舞台袖で後輩たちが話していた。

「今朝、ハナ先輩の発声練習を見ちゃったの」

「うわぁ、毎朝やっているって本当なんだぁ?」

ふーん、そっか。練習の賜物なんだ。

きっと友達になるのも、この舞台が最後のチャンスだろう。努力を続ける人は好き。

私は急いで売店に行って、お茶を買う。そしてリハーサルが終わったハナちゃんに「おつかれさま」と渡すんだ！

そう意気込みつつ、舞台袖の邪魔にならない位置でハナちゃんを出待ちしようとしていたときだった。

（あら、もうリハーサル終わっちゃったの⁉）

（ノーラがお茶選びにこだわっているから……）

だって、どうせなら喉にいいお茶を飲んでもらいたいじゃないか！

このお茶を無駄にしないためにも、私がハナちゃんを捜そうとして、なんとなく校舎裏へと向かってみる。すると、シシリーが不思議そうな顔で訊いてきた。

（リハーサルの後なら控え室の方じゃないの？）

（理屈で言えば、私もそう思うんだけどね）

だけど、なぜだろう。なんとなくハナちゃんの魔力がこっちから流れてきている気がするのだ。

さすがの私も犬じゃあるまいし、特に魔法も使わずに他人の魔力を嗅ぎ分けるような特殊能力は持ち合わせていないつもりだ。八〇〇年前の身体ならともかく、今はシシリーの身体を借りているわけだし。

（お、当たったね）

どちらかと言えば、やっぱり長くなってきた憑依生活で私の魂が変質し始めたのだろうか。

本当にハナちゃんは校舎裏で部員の二年生と密会をしていた。

自分で自分の才能が怖いな、と改めて思いつつ、物陰で耳を澄ませば。

「も、もしよければ、文化祭の最終日に自分と時計塔に登ってくれませんか⁉」

「私、あなたに興味ないから」

……えーと、思わずこちらの背筋が凍るのは気のせいかな？

（ハナちゃんさん、容赦ないね……）

（私も人のこと言えないけど……もうちょっと……ねぇ？）

いやぁ、今の現場はあれだよね？　後輩君が勇気を出して告白前哨戦に挑んでいたんだよね？

それを、こうもバッサリ『興味ない』とは……無念、後輩君。君の青春に幸あれ。

と、代わりに涙を流してあげていたときだった。

「盗み聞きなんて趣味が悪いと思うけど？」

どうやらハナちゃんの帰り道がこっちだったらしい。

ばっちり盗み聞きがバレてしまい、絶対零度の眼鏡の反射光を向けられるも。

ここで八〇〇〇年生きた根性を出さなくてどうすると、私は両手でお茶を差し出した。

「私と時計塔に登ってくださいっ！」

「ばかじゃないの」

氷点下の返答と共に、ハナちゃんはスタスタと去っていく。

私が本物の涙を流していると、心の中のシシリーが励ましてきた。

（絶対に今の流れで、いい返事はもらえなかったと思うな）

……励ましてくれているのだ。

だってシシリーは優しい子。励ましてくれているのだ！

（無理にハナちゃんさんと友達にならなくても、ノーラにはアニータさんも……わたしもいるじゃない……）

なぜかシシリーがむくれているけど……励ましてくれているんだよね？


「どうして、こんなにハナちゃんに嫌われているんだろう……」

アニータ曰く、『一緒におしゃれの勉強をしよう！』という出会いがしらの第一印象が最悪だったらしい。それはそうとしても……あれからもう半年くらい経つのだ。そこまで尾を引く失言だったのだろうか。

「まぁ、恋愛の聖地に女子同士で登ろうってお誘いは、警戒されても仕方ないんじゃないの？」

落ち込んだ私が引きこもる先は、もちろんアイヴィンの研究室である。

だってここに来れば、無料でアイスが出てくるのだ。

今も無断で転移してきた私にさして驚くことなく、私の顔を見るやいなや「アイス食べる？」と冷凍庫から出してきてくれて、今に至る。

そんな気遣い満点の色男アイヴィン＝ダールに、私はアイスを舐めながら口を尖らせた。

「警戒って、何を警戒されるのかな？」

「そりゃあ……同性間で色恋感情を抱く趣味の人、八〇〇年前にはいなかった？」

「あ〜〜、生物学的にはまったく無駄なやつか」

「言い方……」

「否定するわけじゃないよ。ただ恋愛感情というのは子孫繁栄を助長させる機能の一つなのだから、生物学的には誤作動だよねってだけの話で」

「……それ、他の人の前では絶対に言っちゃいけないやつだからね？」

「つまり、私は今も昔もそういうのに個人的興味はないよって話だよ」

私がはむっとアイスをくわえようとしたときだった。

顎をそっと掴まれたと思いきや、目の前に迫る整った青年の顔。猫のような切れ長の瞳が、少し憂いを帯びて私に訴えてくる。

「それじゃあ、異性に対しては？」

甘い吐息と共に紡がれた提案は、まるで私の耳を舐めるようだった。

「最終日、俺と一緒に時計塔に登ろうよ」

「だーめ。花火の打ち上げがある」

「後輩教育のために、先輩は敢《あ》えて一番いい場所で観測するってのもアリでしょ？　予想よりやる気も能力もありそうじゃん、あいつら」

さすが口が回るアイヴィン＝ダール。もっともらしいことを言って、何がなんでも私に『行く』と言わせたいらしい。だけど、私も伊達に八〇〇年生きていないのだ。

私は指一本でアイヴィンの顔を隔てて、にこりと微笑んでみせる。

「それなら、私にはもっと相応しい相手がいると思うけど？」

もちろん、私が誘う相手は彼しかいない。

「――ということで、マーク君。私と一緒に時計塔で花火の観測しませんか？」

「そういうことなら……僕から誘えばよかったな」

（ノーラ⁉）

そりゃあね。アイヴィンのごもっともな意見を汲むなら、一緒の花火を作ったマーク君と見るのが筋だと思うし。それに……ねぇ？　私があくまで優先すべきことは、シシリーのことだから。

だんだんいい感じの雰囲気になっていることだし、ここらで勝負を仕掛けるべきでしょ？

（そういうことは！　きちんとわたしの了承をとって！）

（だってシシリーに訊いたって『わたしはそんなんじゃない』としか言わないでしょ？）

（もお〜っ！）

そう不貞腐《ふてくさ》れつつも、私から身体の主導権を奪わなかったのはシシリーである。

この顔を真っ赤にしたシシリーを、ぜひマーク君にも見てもらいたい。

さぁて、なかなかに忙しくなってきたぞ。

当然、必殺のデート武装に、彼女の協力が必要不可欠だものね。

「それで、今日一日あちこちフラフラしてましたのね？」

「いや、だから辛辣……」

もうすっかり夕方になって、辿り着いた先はアニータの私室。

一般的な三年生はクラスの出し物などもないため、アニータも例に漏れず、文化祭当日はお祭りを参加客として堪能するとのこと。

だから……今日一日暇していたのは、アニータのほうじゃないか！

「辛辣にもなりますわよ。こないだデートしていたとはいえ、結局いつもダール卿と仲良くしときながら、やっぱりマークさんと時計塔に登るなんて……基本的にあなたの考えることはわかりませんけど、一番不可解な点がそこですわね。ダール卿を嫉妬させたいんですの？　そこまでしなくても彼はあなたに惚れ込んでいると思いますが……あなたも殿方に関してはずいぶんと奔放なんですのね」

「アニータは私のことが嫌いになったの？」

涙ぐみながら尋ねれば、アニータが嘆息しながらも首元から何かを取り出す。どうやらネックレスを着けていたらしい。その長いチェーンに繋がるのは……赤い液体の入ったハート形の小瓶だ。

しっかり私からの贈り物を着けてくれている友人に、私は違った意味で涙が出そうになる。

「そのネックレス、本当に着けてくれているんだね？」

「おばあさんになるまで着けてやるって、言いませんでしたっけ？」

「そこまで言ってくれてたっけ？」

私の記憶ではまず言っていなかったし思うけど、そんなことはどうでもいい。

今日も愛い私の友人が、やっぱり不貞腐れながら視線を向けてくる。

「最終日のお化粧はしますから……文化祭の中日に、付き合っていただきたいことがありますの」

そして、いざ文化祭が始まった。

文化祭は三日間行われる。初日の午後に生徒向けの演劇部の舞台。二日目と三日目の午前中に来賓向けの舞台が二回。なので、初演は見覚えのある生徒や先生らに向けたものとなる。

「おーほほほほほほっ！　この私に歯向かうなんて、八〇〇年早くってよ！」

「残念ながら、わたくし八〇〇年も生きるつもりなんてありませんの。わたくしと遊びたかったら、また来世でお誘いくださいませ」

結果として、舞台は大成功だった。

人前で台詞を喋って、歌って、高笑いをあげることが、こんなに緊張するとは思わなかった。

ハナちゃんも普段の無愛想とは違い、まさに令嬢そのもの。赤いドレス姿で迎えた崇高なラストは、観客の拍手と歓声で会場が割れそうになっていたほどだ。

そうして、無事にカーテンコール。

一列に並んだ演者のみんなで手を繋いで、私も隅っこでお辞儀をしたときだった。

アニータとアイヴィンが舞台のすぐそばまでやってくる。

「シシリー、見事な高笑いでしたわよ！」

「お疲れ様。すごくステキな三流令嬢だったよ」

誉め言葉の是非はさておいて……どうして二人とも大きな花束を持っているのかな？

思わず私は声を潜めてしまう。

「ちょっと、こういうのって主役の子が貰うものなんじゃないのかな?」

アイヴィンだけならまだしも、アニータは周りの空気や礼節を重んじる子だと思っていたのだけど……。


しかし舞台前まで花束を持ってきた彼女が、あっけらかんと言いのけた。

「あら、あたくしはシシリーが出演するから観に来たんですのよ?」

「それこそ文化祭なんて学生の自己満足なんだから、細かいことは気にしなくていいんじゃない?」

本当に、この二人は……。

最近どうも涙脆くなった気がする。やだなぁ、これが年をとるってことなのかなぁ……なんて思うには、今更な精神年齢なのかもしれないけど。

まぁ、主役のハナちゃんにも他のクラスメイトたちが花束を持ってきていることだし。

「さすが、すでに働いている次代賢者さまは言うことが違うね」

私も遠慮なく、二人から花束を受け取ることにする。


そして、翌日。

その日も午前の舞台を終えて、お昼からアニータと合流して文化祭を堪能しようとしたときだった。

「ごめんあそばせ。あたくしはハナさんと回る約束をしてますの」

「えぇ! だって中日《なかび》は一緒に遊ぼうって約束――」

「しておりません。付き合ってもらいたいことがあると言いましたが……それは夕方からで結構ですから」

そんな殺生《せっしょう》な～～⁉

アニータにフラれてしまい、しょんぼりする間もなく。

狙っていたかのように後ろから抱きしめてくるのが、アイヴィン＝ダールという男だ。

「俺がエスコートしてあげようか？」

「……私はお財布を出さないからね」

私の八つ当たりに、彼はひどく嬉しそうに目を細める。

「それ、いつもじゃん」

その後、アイヴィンと回った文化祭はなんやかんや楽しかった。

特に語るべきなにかがあったわけじゃないけど、普通に楽しかった。

（ほんと、アイヴィンと一緒だといつもこうだから困るよね）

（おそらくアニータさんのほうが困っていると思うよ）

そして、アニータと約束した夕方。待ち合わせ場所のカフェテリアの前に行けば、すでに待っていたアニータが私を見るやいなや、とても令嬢とは思えないひっどい顔をしていた。

「あなた……文化祭を満喫しまくりましたのね」

「そう？《プピー》　別に普通だと思うけど？《ププピプッピーッピーッ》」

縁日というか……射的や輪投げ、クイズ大会などに挑戦しつつ、あちこちの出店を食べ歩き、子供向け体験教室に参加したり……そうして四時間程度遊びまくってきただけである。

まぁ、その結果。頭にはお面、目には鼻がついた丸眼鏡、口元にはプピープピー鳴りながら伸びる笛に、片手に水風船をパシャパシャ、髪は超絶縦巻きロールと、少々愉快な恰好になったことは否めない。

思いっきりため息を吐いたアニータが「まあいいですわ」と肩を竦めた。

「緊張していたあたくしが馬鹿馬鹿しくなりましたわ。行きましょう」

そうして、アニータに連れられてカフェテリアに入る。

カフェテリアも文化祭で一般開放されているということで、花瓶の数が多い気がするがいつも利用している場所である。その奥まった一席には、金髪の鮮やかな紳士と婦人が待っていた。

そのそっくりな美貌と気品から聞くまでもなく、アニータのご両親であろう。

ご両親は私を見るやいなや、目を丸くしてアニータに尋ねる。

「アニータ、その人は……？」

「あたくしも人選を間違えたような気がしていますの」

ちょっとアニータちゃん？　相変わらず辛辣なら、どうして私を連れてきたのかな⁉

だけどアニータが「お座りになって？」と隣の席を勧めてくるから、私も「プピー」と座ることにする。

すると、アニータは真剣な顔でご両親に頭を下げた。

「来てもらったのは他でもありません。彼との結婚は延期させていただきたく思います！」

「ちょっとアニータ。それじゃあ話が違うでしょう?」

夫人の口調は柔らかいものの、扇子の奥の瞳が鋭い。

それに、アニータも固唾を呑みながらも一歩も引かなかった。

「違わなくないですわ。立派な魔術師になる夢は、別に王立魔導研究所に行かなくても叶えられます。この学校で身につけた魔導の知識を使って、専門的な営業から始めたいと考えておりますの。営業を通して様々な夫人方と交流し、人脈を広げることは、我が家にとっても利になる話でしょう?」

そう力説した後で、アニータは冊子を差し出す。

それは化粧品開発メーカーのパンフレットのようだ。この会社名は……以前アニータがよく使っている化粧品メーカーのものだね。なるほど、元からお得意さんのようだったし、その伝手を使って雇ってもらえるように交渉したわけか。

「もうすでに面接の約束は取りつけてあります。ただ面接時に必要な書類に、親のサインが必要なの」

そして、アニータは深く頭を下げる。

「結婚は致します。ですが、あたくしも彼もまだ若い。すぐに子作りする必要もございませんでしょう?　子供ができたあかつきには、しっかり休職する旨も伝えてあります」

さすがアニータ。ただただ自分のやりたいことだけではなく、自分の責務に関してもしっかり果たす心積もりらしい。本当に尊敬するしかない。私が本当の一八歳のときは……目の前の研究と興味にしか関心なかったもの。

「だからどうか、この書類にサインを。そして先方への説明を一緒にしてもらいたく存じます！」

ただ、ひたすらに。

真剣に頭を下げるアニータの横顔に、私は小さく「プピー」と笛を鳴らすことしかできなかった。

ついこの間まで、あんなに落ち込んでいたのにね。

あれから一週間も経っていないのだ。だけどここまで決意して、しっかり自分で段取りを組み、両親を説得しようとしている。アニータの両親も決してバカではないのだろう。就業訓練《インターン》の後もちょくちょく連絡をとっていたみたいだし、だからこそ彼女の短期間の努力はわかるはずである。

そして、アニータの両親だからこそ……彼女が遊びで言っているわけではないことが嫌でも伝わるのだろう。

「ですが、やはりヘルゲ家の令嬢が営業なんてはしたない仕事を――」

「まあまあ、母さん。いいじゃないか」

そう言うやいなや、父親はアニータから書類を受け取り、胸元から取り出したペンでスラスラと署名を始めていた。

「あなた⁉」

「化粧品の営業ということは、名家を回るということだ。アニータの社交性をこれ以上に活かせる場所も他にないと思うよ」

そして「はい、これでいいかな」と、あっという間にサインが終わる。

アニータ自身もこんなに交渉がすんなりいくと思わなかったのか、目を丸くしていた。

対して、父親はゆるく口角を上げている。

「正直、王立魔導研究所に勤めると言われたときのほうが怖かったな。あそこは有事の際は軍事力として徴兵されてしまう場所だからね。だけど、化粧品開発なら安全だろう？　魔導を使った薬や化粧品の開発は、これから伸びていく事業だ。そこに娘を噛ませることができるのは、たしかに我が家にとって悪い選択肢ではない」

あくまで、穏やかに。だけど、その問いかけは誤解のしようがないほど端的だった。

「だけど、アニータ。わかっているかい？　仕事だけに専念できるのは一〇代のうちだけだ。二〇歳になったら、きちんと結婚もすること。その上で、外での仕事と夫人としての仕事を両立するのは、並大抵の努力では務まらない。その覚悟ができているね？」

「勿論、覚悟の上ですわ！」

きっぱりと言いのけるアニータは、どこか嬉しそうで。

そんな娘の姿に、母親は唇を噛んでいるも……父親はしっかりフォローするらしい。

「母さんも、それでいいね？」

「……娘に無駄な苦労をさせたい親なんていませんことよ？」

「あぁ、君の愛情は、僕もアニータもわかっているさ」

そうして肩を抱く、美しき夫婦愛よ。

あぁ、いいものを見せてもらったなぁ。

これよ、これ。私が求めている夫婦像や親子像って、まさにこれだよ！

さすがアニータ。私に素敵なものを見せてくれてありがとう！

感動のあまりにまた「プピーッ」と笛を鳴らしていると、かの母親がとても気まずそうに視線を向けてきた。

「それで……こちらの令嬢はどなたですの？」

「あぁ、彼女はこの話とはまったくの別件で連れてきましたの」

ちょっと、そうだったの!?

てっきり両親を説得するのに一人では勇気が出ないから連れて来られたのだと思っていたのだけど!?　だからいつでもテーブルの下でアニータの手を握る準備もしていたのに！

「プピ〜ッ!?」

「あなたもいつまで笛を咥えておりますの!?」

そして無理やり、笛を引き抜かれる。

ついでとばかりに鼻つき眼鏡も取られて、ちょっと痛い。

顔をしかめている私をよそに、アニータは清々しく胸を張っていた。

「紹介します——彼女はあたくしの親友ですわ！」

「え？　それだけ？」

私が思わず疑問符を返すと、彼女は顔を真っ赤にして口を尖らせる。

「大好きな友達を大好きな両親に紹介したいと思って、何か問題でも？」

あぁ、もう。本当にもう。

今日も私の友人が、とても愛い。

文化祭、最終日の夕方。

「それじゃあ、あとは僕ら時計塔から見ているから」

「はい、任せてくださいっ！」

設置を終えたあとは後輩たちに任せて、シシリーとマーク君は時計塔へと向かう。

ん？　私？

もちろん、アニータから化粧をしてもらった後、身体の主導権をシシリーに譲りましたとも！

(ノーラ～。本当にマークさんと二人で時計塔に登るの？)

(私が代わる？　花火が上がった瞬間、思いっきり『ぶちゅ～♡』するかもしれないけど)

(絶対にやめて!?)

というわけで、シシリーも異論はないようで。

だけど、螺旋《らせん》階段を登る二人に会話はない。

でも……傍から見ると、悪い雰囲気ではないんだよね。こう、お互いモジモジ緊張しているというか、マーク君もチラチラとシシリーのことを窺っては、登るスピードを落としているようだし。

もう、見ているこっちがドキドキしちゃう。

本当に二人がキスしそうになったら、私はどうするべきなのかな？

ガン見……は、なんか悪いよね。なるべく離れた位置でのぞいているべきだろうか。それだったら見ていても許される？　あ〜、アイヴィンから水晶でももらって、複写機材でも開発しておけばよかった！

などと、私がソワソワしていると、階段も半分以上登ったところでマーク君が口を開く。

「今日は……いつもより綺麗に見える」

「え、あ……お化粧、してもらった……から？」

シシリーの顔が赤くなったのは、差し込む夕日のせいだけではないだろう。

「僕のために化粧をしてきたのか？」

その問いかけに、黙ってこくりと頷くシシリー。

ああ〜、愛い！　本当に愛い！

本当にこのときめきを私がひとり占めするのは心苦しいぞ!?

（わたしは横でジタバタされて鬱陶しいことこの上ないけど）

（離れていたほうがいい？）

（やだ、近くに居て）

そのあとも、現実の二人に会話はない。

その気まずい雰囲気に、今度しびれを切らしたのはシシリーのほうだった。

「あの……アイヴィン………とは、仲直り、した？」

「今、他の男の名前を出されるのは遺憾なのだが」

マーク君からの鋭い指摘に、シシリーはより俯いてしまうのだけど。

それに、マーク君もまた気まずそうに嘆息するのが、見ているこっちはすごく愛い。

「元から、戻るような仲はない。友人でもなければ、主従ですらない。互いを妬《ねた》み、互いを可哀想と思い合っていた関係だ」

「そっか……」

マーク君からしたら、自分の居場所を奪った相手で。

アイヴィンからしたら、いつか自分が殺される代わりに、命が助かった相手となるわけだ。

しかも、二人とも大切な母親をクズ王に殺されているんだっけ？

そりゃあ……もう二人だけで物語一冊書けちゃうような複雑な間柄である。ま、私にそのような文才はないと思うんだけどね。意外とあったりするのかな？　今度書いてみたりしちゃう？

「ただ最近、あいつとの関係にようやく名前をつけられたと思う」

私が楽しい妄想を繰り広げている間に、マーク君がまっすぐにシシリーを見つめていた。

「好敵手、だな」

その好敵手って、恋のライバルってことですか、王子様～♡

だけど、運悪くそんなタイミングで頂上に着いてしまった。

この時計塔、有名なだけあってけっこう広い。先着もいるようで、この見晴らし台にざっと二〇組くらいが各々の場所で外を眺めたり、飲み物を飲んだり、好きに過ごしているようだ。

う～ん。けっこうざわざわしているね。こんな大勢の中でロマンチックはちょっと難しいかな？

「トラバスタ嬢、こっち」

「えっ?」

すると、マーク君。シシリーの手をとって空中に浮かび上がる。

ぷかぷか。擬音語を付けるとそんな可愛らしくなってしまうけど、王子様に手をとってもらって空を飛ぶとか、なんてロマンチックな光景なのかな!? さすがは王立魔導研究所に入職が決まるほどの魔導士。浮遊魔術に危なげなところがないのもポイントが高いね。

まわりの生徒からも小さな歓声があがる中、鐘楼の上の一番高い屋根に、そっとシシリーを下ろす。

「高い場所が苦手だったらすまない」

「いえ……大丈夫、です」

なんてロマンチック! さすが王子様だ、マーク君!

きちんとシシリーが座る場所にジャケットを敷いて、「絶対に落とさないから安心して」とさりげなく腰に手を回すスマートさよ。

あぁ、ダメだ。興奮しすぎてこっちが屋根から落ちそうだ。魂だけの状態だけど。

しかし、私と違って運動神経のあるシシリーは、残念ながら危なげな気配はない。

屋根の上に、器用に座る。あっという間に日が暮れてきたようだ。

後夜祭の合図の鐘が鳴ったら、花火が打ち上がる手筈となっている。

「ちゃんと……成功するかな、花火」

「大丈夫だ。もしダメでも、また来年も一緒に花火を作ろう」

「でも、わたしは――」

すでに王立魔導研究所から、内定をもらっているマーク君。

対して、シシリーは何も将来が決まっていない。

その交わらない未来にシシリーは戸惑っているのだろう。

だけど、マーク君の言葉は、とても力強いものだった。

「たとえインターンに参加してなくても、それで入職試験を受ける資格がなくなるわけではない。君の実力なら芽はあると思う」

まぁ、ここだけの話。

もちろん私は、シシリーを王立魔導研究所にねじ込むつもりだ。あれだけ興味津々だったんだもの。

彼女自身の最近の実力と、元からの知識。そして花火の応用を思いついたときの発想力は、十分あの研究所で通用するものだと思っている。

それを、共に研究していたマーク君がわからないはずがない。

「僕も……最近になって、いきなり兄から連絡があって……卒業後は研究所と城を往復することになりそうなんだ。とても慌ただしい日々になると思うが……それでも、僕は変わらず君に隣にいてもらいたいと思っている」

シシリーが落ちないために屋根に置いていた手の上に、そっとマーク君の手が重ねられる。

「君は、僕のことをどう思っているだろうか」

キタ～～～ッ!!

見つめ合う二人。二人の心臓の音がこちらにまで聞こえてきそうだ。

そんな中、鐘が鳴る。

それを合図に、花火が上がった。

最初は特に色のない、だけど一番明るくて大きな大輪の花。形も崩れることなく、花が崩れて降り注ぐ光の雨になっても、校舎中の生徒たちの歓声はひときわ大きくなるばかり。

それに、二人の視線も花火へ向かう。二人は手を重ねたまま、光の花々に見惚れていた。

「きれい……」

「あぁ、綺麗だ」

バァン、バァン、と心に響く音が続く中、それ以上二人の間に会話はない。

だけど、二人の手が離れることがないから……それだけで。

——そのときだった。

「俺の恋人になって？」

どこか聞き慣れた男の甘い声がする。

気が付けば、他にもこの一番高い尖塔に客人がいたらしい。

その声に、シシリーとマーク君も気が付いたのだろう。「えっ？」と顔を見合わせてから、花火を背にして屋根を上がっていく。そして、少し移動した先にいた人物は。

（ノーラ、見ちゃダメ！　ノーラ!!）

シシリーが必死に私を呼び止める。

だけど、幽体のほうが、足場の悪い今は移動がしやすいから。

見るなと言われても、見てしまう。

アイヴィン＝ダールが、ハナ＝フィールドに、キスをしている光景を。

淡い髪の美青年が、長い黒髪の少女の両頬に手を添えて。

キスを終えた後の黒髪の少女の顔は見えないけれど、顔を寄せていった青年はとても嬉しそうな顔をしていた。

（アイヴィン……）

気が付けば、シシリーがマーク君の制止をよそにスタスタと屋根を登っていく。

そしてアイヴィンが「シシリー……」と口を開きかけた瞬間、彼女は容赦なくアイヴィンの頬を引っ叩いた。

「最低……わたし、あなたならって信じていたのに！」

そして大きな涙を零しながら、シシリーは時計塔から駆け下りる。

止めなくては。こんな屋根の上から、シシリーがどうやって一人で下りるのか。

だけど、なぜか私は声が出なかった。

あぁ、シシリーについていかなくては。

ただ、いつまでもここに居てはいけない気がして。

そんな私より、シシリーのほうがよほどしっかりしているらしい。ちゃんと屋根の縁から無駄のない魔術を使い、自分一人でもしっかり眺望台へ下りていた。そんな泣きながらの一人の帰還に、花火が始まる前のロマンチックを見ていた生徒たちがどよめいている。

だけどシシリーはそんな周りのことなど意図もせず、階段を駆け下り始めた。

彼女も混乱しているのか、言葉は実際に口から発せられていたけれど。

「悔しい……悔しいよ、ノーラ」

（……実はアイヴィンのほうが好きだったとか？）

「そんなわけないじゃん！　わたしは、アイヴィンさんなら、ちゃんとノーラのことを幸せにしてくれると思っていたんだよ！　それなのに……それなのに……！」

（シシリー……）

この子は、本当に何を言っているのだろう。

私はどうせ、あと数ヶ月で消える存在なのだ。

それなのに、幸せ？

今の状態ですでに幸せだよ。シシリーと出会えて、八〇〇年前には想像することもできなかったような、そんな楽しい毎日を過ごせた。

だから、もう十分なのだ。むしろ、これでよかったのだ。

だって、消える存在の私に恋をしても、無駄じゃない？

これから先、長く一緒に生きていける相手のほうが、アイヴィンも幸せになれるでしょ？

とても賢く、計算高い彼が、ようやくそのことに気が付いたのだ。

なんてめでたいのだろう。むしろ無駄に悲しむ前に、気が付いてくれてよかった。

ただ、それだけ。私は安堵しているくらいなのだから。

それなのに。

それを、しっかりとシシリーに伝えなくてはいけないのに。

どうして、私の口は動いてくれないのだろう。

さっきまでうるさいと文句言われるくらい、きゃあきゃあ騒いでいた口なのに。

やっぱりシシリーは足が速いね。登るときはあんなにゆっくりだったのに、ひとりだとあっという間に地上に着いてしまった。

外に出た途端、見覚えのある女の子がチラチラとこちらを窺っている。

アニータだ。もしかして……シシリーのデートが心配で、様子を見に来てくれていたのだろうか。

そんな彼女が、シシリーを見た途端、青白い顔で駆け寄ってくる。

「シシリー!?」

そんなタイミングで、シシリーは何を考えているのか、身体を私に渡してきて。

思わずよろめいてしまった私を、アニータが受け止めてくれた。

「本当にどうしましたの!? まさかマークさんが何か――」

「違う……アイヴィンが……」

「ダール卿が?」

アニータを心配させるわけにはいかない。

それどころか、何も悪くないマーク君に、私が冤罪を着せることなんて許されない。

だから、なんとか言葉を紡ごうとするのに。

どうしてだろう。代わりにポロポロと涙しか出てこない。

「はは……まいったな。これ、八〇〇年前よりきついかもしれない」

「シシリー」

アニータが私を抱きしめてくれる。その腕の中が、すごくあたたかくて。

私はアニータの優しさに甘えて、しばらく彼女の胸を借りる。

花火はまだ上がっていた。私の嗚咽《おえつ》を、花火の音は掻き消してくれたのだろうか。


そして、翌日の教室で。

「二度と、あたくしのシシリーに近寄らないでくださいます!?」

「えっ?」

いつもどおり「おはよう」と話しかけてきたアイヴィンに、アニータは開口一番喧嘩を売っていた。

目を白黒させるアイヴィンは、さらにアニータの逆鱗《げきりん》に触れたらしい。

「しらばっくれるなんて最低ですわね。このケダモノ！　視界にすら入れたくないわ」

「いやぁ、俺、そこまで嫌われるようなことしてないよねぇ？」

アイヴィンが私に助け船が欲しいと視線を向けてくる。

うん、アイヴィンは何も悪いことをしていない。

だからアニータを説得してあげなくてはならないのに……やっぱり、私は口を開くどころか、彼の顔を見ることすらできなくて。

「え、本当に意味がわからないんだけど？」

「さすがに、僕も軽蔑した」

そんなとき、珍しく教室に入ってきたのがマーク君だ。

彼も隠すことなく、アイヴィンに言葉通りの視線を向けていた。

「悪いが、僕も当分お前の顔は見たくない。他の人材を手配したから、お前は存分に新しい恋愛を謳歌するといいさ」

「いやほんと、たった半日研究室に引きこもっていただけで、何がどうなって――」

だけどアイヴィンの弁明すら聞くつもりのないマーク君は、あっという間に踵を返して。

ちらりと私を見てから、再びアイヴィンを見やる。

「僕、シシリー嬢に告白したから」

「はあ……」

「おかげさまでまだ返事は貰えていないけど……僕は気長に攻めるつもりだ。少なくとも、お前のような薄情者にだけは譲るつもりはない」

「だから、本当にみんな何の話をしているの!?」

アイヴィンが全力で戸惑ってみせている中、その後ろをハナちゃんが通っていく。

こちらを一瞥することもなく、まるで関心すらもないかのように。

そんなこんなで、朝礼開始の鐘が鳴る。
先生が「もうすぐ冬休みだ」などと話していた。
だから、私は兼ねてから思っていたことをシシリーに提案する。
(最期に、二人で行きたい所があるの)

4章　冬が始まり、終わる場所

ノーラが風邪をひいた。

厳密に言えば、『シシリー＝トラバスタ』の身体が風邪をひいているのだから、わたしが風邪をひいているのかもしれないけど。

だけど、どんなに言ってもノーラが身体を返してくれないから。

やっぱり、ノーラが風邪をひいたと言ってしまっていいのだと思う。

（ね、交代しよ。つらいでしょ？）

（いやだ……私の不始末で風邪をひいたのだから、この苦しみは私が引き受ける……!!）

無駄に決意が固いけど、熱が出始めたのは昨晩から。

もうとっくに陽《ひ》は昇っているし、なんなら授業も始まっている時間だ。

だけどノーラはベッドから出ることができずに、ひとりガタガタと震えていた。高熱が出ているのだろう。鼻水も出ているし、咳も出始めたら止まらない。きっと喉も痛いはずだ。

風邪の身体が替われないなら、せめて看病をしてあげたい。

もっと毛布を運んで。蜂蜜いっぱいのお茶を淹れて。おかゆを作って。

もちろん、薬だって用意しよう。先生に頼んで作ってもらうでもいいけれど、こないだ実習で習ったから自分でも作れるかもしれない。

一人じゃ厳しそうだったら、アニータさんに相談したらきっと協力してくれるはずだ。

きっと次代の賢者も——

思わずそう考えてしまって、わたしは首を横に振る。

全部、あの人がいけないんだから……。

（ノーラ、やっぱりアイヴィンさんのことがショックで——）

「ごっほごっほごほっ！」

……なんだろう、今の咳はわざとらしい気がする。

でも、そうだよね、本人はずっと否定していたけれど……一番そばで見ていたからわかるよ。

同じ天才で、話も合って。

アイヴィンさんと一緒にいるとき、ノーラは物凄くイキイキとしていたから。

そして、女の子らしくいたから。

あーあ、わたしはなんて役立たずなのだろう。

こんなおばけの身体じゃ、咳き込むノーラの背中をさすってあげることもできやしない。

わたしじゃ、ノーラを支えてあげられない。

ノーラに与えてもらうばかりで、何も返してあげられない。

（そんなことないよ）

咳を止めたノーラが、ひどく優しい声で言う。

（私はシシリーがいたから、初めて風邪をひくことができたんだよ）

（そんなこと言われても、まったく嬉しくないんだけど……て、ノーラ、八〇〇年前も風邪をひいたことなかったの？）

そのときだった。部屋の外から「入りますわよ！」との声とともに、扉が開かれる。

そこには、金色のツインテールが輝かしい令嬢アニータ＝ヘルゲさんが腕を組んでいた。

「風邪をひいたなら、なぜ一番にあたくしに連絡しないんですの⁉」

「あれ、今、授業中じゃ？」

「……良くも悪くも、もう成績は気にしなくてよくなりましたし」

少し視線を逸らすのは、新しい希望進学先の化粧品会社には、そこまでの成績がいらないからかな。

実際、アニータさんは今まで積み重ねてきた成績もいいからね。ここで多少サボったとしても問題ないのだろう。

でも、そんな裏事情がなくても、アニータさんはここに来たと思う。

顔を真っ赤にするアニータさんに、思わずわたしも言いたくなってしまうもの。

今日もかわいいなって。

「どのみち、苦しんでいる親友を一人にして授業を受けていられるほど、あたくしは呑気な人間じゃございませんことよ」

「あにぃたぁ……」

「もう、鼻水垂らして泣かないでくださる!?」

けっきょく、アニータさんがどんなにかわいい顔をしても、容赦なく抱き付いたノーラが台無しにしちゃうんだけどさ。

そんな仲良しの二人を目の当《ま》たりにして、わたしは少し落ち込む。

最初は、けっこう満喫していたおばけ生活だったのに。

まさか、この相手から見えない、触れない生活が、こんなに悔しく思う日が来るとは思わなかった。

せめて、わたしにノーラと違う身体があったなら。

ノーラに、ちゃんとノーラだけの自由に動ける身体があったなら。

わたしももっと、ノーラと仲良くすることができるかもしれないのに。

「あと、一応報告だけしておきますわ」

ノーラを無理やり引き剥がすことに成功したアニータさんが、腕に下げていた袋を差し出してくる。

「保冷魔術付きで表にかかっておりましたけど、これは如何《いかが》します?」

……これは、もしかして?

一見するに、その保冷魔術はかなり高度なもののようだ。どのくらい前からかけられていたのだろう。袋の中から白い冷気が目に見えるほど、当分解ける気配はない。

中には、いつもノーラが好き好んで食べているチョコレートアイスが多めに。だけどシャーベット状の食べやすそうなものまで、いろんなジャンルのアイスがこれでもかと入っている。

そんなものを簡単に用意する気障《きざ》な男を、わたしはひとりしか心当たりがなかった。

それに、当然ノーラも気付かないはずがない。

少し奥歯を噛み締めたが、ズビッと鼻をすする。

「アイスは好きかな」

そして、よれよれと手を伸ばすと、アニータさんが淡々と告げた。

「ちなみにカードも付いていますが、読みます？」

「……一応──」

「あら、うっかり。破いてしまいましたわ」

だけど、さすがアニータさん。強いなぁ。

ノーラが即答しなかった間に、有無を言わさず、カードを破ってしまった。

しかも「もうただのゴミですわね」と容赦なくゴミ箱に捨ててしまって。

それでも、ノーラは何も言わずゴミ箱からカードの破片を拾おうとするけど……その手をアニータさんがピシッと叩いた。

「正直、あなたがどうしてマークさんと懇意にしようとしているのか、よくわかりませんけど」

そりゃそうだ。傍から見れば、『シシリー＝トラバスタ』が二人の男をとっかえひっかえ弄んでいるようにしか見えないだろう。実際、最近はそんな『悪女』だという噂まで飛び回っているらしい。

……わたしが『悪女』か。ずいぶん出世したものだ。

だけど、それでもアニータさんがノーラを見捨てることはない。

「それでも、あなたが本当にダール卿のことを好いていたことくらいはわかりますわ」

「…………」

むしろ、また制服が汚れてしまうかもしれないのに、ついに黙ってしまったノーラを自分から抱きしめて。アニータさんのかける声は、とても力強かった。

「弱音をお吐きになりなさい。『ばかは風邪をひかない』というのに、現に風邪を引いてるのよ？　認めてしまったほうがラクになることもありますわ」

だけど、本物の『稀代の悪女』は……どうやら人に甘えることを知らないらしい。

「……ごめん、アニータ。ちょっと眠くなってきちゃった」

その言葉に、アニータさんはすぐにノーラを離した。

「邪魔しましたわね」

彼女が踵を返したあと、ひどく悲しそうな顔をしていたのは、わたしにしか見えていないだろう。

静かになった部屋の中で、再びベッドに入ったノーラがわざとらしく苦笑する。

（おかしいね、私、稀代の大天才なんだけどね）

震えた声で、ノーラが笑う。

（おかしいね……八〇〇年前の人間が、今を生きる人と特別な関係を結べるはずがないのにね……）

決して、本人は認めないのだろうけど。

それでも、わたしは知っているのだ。

ノーラ＝ノーズが、アイヴィン＝ダールに恋をしていたことを。

そしてノーラは、ゴミ箱から破かれたカードを拾い上げるの。

【早くよくなりますように　俺の女王様《マイ・クイーン》へ】

シンプルな気遣いに溢れたカードに、差出人の名前はない。

ノーラはそんなカードを読んでも、なかなかゴミ箱に返せないでいる。


わたしだけが、そんな一人の少女、まるごと全部抱きしめる。

たとえこの手に、熱がなくても。

それが、今のわたしにできる唯一のことだから。


結局、風邪は三日くらいで治った。

無事に終業式にも出ることができて、いよいよ楽しい冬休みである。

なのに、何度説明しても、アニータの誤解が解けない。

「ごめんなさい。あたくし、傷心旅行についていけなくて」

「そういうつもりじゃないから。ただの観光だからね？」

（大丈夫だよ、アニータさん。わたしがノーラを支えるからね！）

いや、だからシシリーさん。

そうじゃないと何度言えば……うん、もう、いいや。

というわけで、冬休みの開始である。

本来なら新年のお祝いをするための長期休暇なわけだけど、せっかくの家族団らんな時間を、私はシシリーから奪ってしまった。

(別に、今実家に戻っても色々と中途半端だろうし……それに、アニータさんも年始すぐに新しい就職先の研修に行ったりするみたいじゃない。気にしないでよ)

と、気を遣ってくれているのか、それとも単純に旅行を楽しんでいるのか。

相変わらず、私はシシリーのことを一番知った風を装いながら、一番よくわかっていなかったりする。

今も、乗合馬車には慣れているということで、身体をシシリーに任せていた。

ゆっくりと流れていく景色を楽しんだり、一緒に乗り合わせた人たちとの会話を楽しんだりと、彼女はそれなりに退屈な時間を充実させている様子だ。

「うちはおじいちゃんが住んでいるから、たまにこうして会いに来ているんだけど……お嬢ちゃんはどうしてこんな辺鄙なところへ？」

「学校の課題で、この周辺の歴史を調べることになったんですよ」

「あー、あの極悪非道の死神魔女……だっけ？　ここらを雪山に変えちゃったっていう」

「『稀代の悪女』、ですかね？」

シシリーはわざわざ訂正してくれるけど、どうせ悪名ならそこまで仰々《ぎょうぎょう》しいほうがよかったなーなんて、当の本人は思っておりますが。

ともあれ、そんなシシリーは暇つぶしに私も使ってくれるらしい。

（今はこの辺すごく寒くて栄えていないけど、八〇〇年前はどうだったの？）

（栄えていたとは少し違うかもだけど……昔はもっと人気は多かったかな。鉱石の産地でね、その採掘員や研究者がよく来ていたと思うよ。ちょうど私が封印される少し前から、資源の残りが少ないことが問題視され始めていたからね。都合よく私のせいにされちゃったようだけど）

というより、『稀代の悪女』が封印された土地でもあるから、瘴気が云々《うんぬん》を恐れて人が寄り付かなくなったのだと思うけど。あと八〇〇年も経てば、気候も変わるというもの。山の切り崩しなどが進んだ関係で海水の温度が上昇した結果、北部の寒気が流れてくるようになったのだろう。

そんな話を続ける前に、シシリーがしょんぼりする。

（ノーラ、こんな場所でずっとひとりぼっちだったんだね……）

（そう悪くない八〇〇年だったよ？）

だって、その八〇〇年がなければ、シシリーに出会えなかったのだから。

私は馬車から身を乗り出して、遠い雪山を眺めた。

あの場所に、『本当の私《ノーラ＝ノーズ》』が封印されている。

馬車を降りて、そこから歩くこと半日。

足場の悪い中、きちんと辿り着くシシリーの体力と胆力には本当に目を瞠るものがある。

どうして、私はその運動神経を少しも引き出すことができなかったのだろう？

（もしかして、テニスのこととか引きずってる？）

（正直、シシリーの身体を魔力で動かしていいなら、もっとちゃんとできたと思うんだ）

（わたしの身体をパペットみたいに動かすってこと？）

（やらないから安心して…………あれ？）

（どうしたの、ノーラ？）

そのとき、私は気が付いてしまう。

（いや、洞窟の入り口が空いているなぁって……）

だって、封印されてから一〇〇年くらいで、崖崩れがあったはずなのに。

その山肌には、ぽっかりと大穴が空いていた。

しかもご丁寧に、まるで女の子でも歩きやすいようにと、雪も踏みならしてある始末。

「じゃあ、中のノーラが大変ってこと⁉」

叫ぶのが早いか、シシリーは大股で走って行ってしまって。

（待ちなさい、シシリー！）

制止の声をかけながらも、私はもう知ってしまっている。

こうなったシシリーは止まらない。

だから慌てて後を追いつつ……私は奥歯を噛み締めていた。

なぜ、八〇〇年誰も足を踏み入れていなかった洞窟の内部が、魔術の明かりで灯されているのか。

しかもその明かりは、まっすぐに最奥の『私《ノーラ＝ノーズ》』まで続いている。

「ノーラっ！」

そこには、齢九〇歳の相当の老婆がクリスタルの中で眠っていた。

まぁ、わかっていたことだけど……相変わらず髪の毛はカサカサに白く脱色しているし、手足は枯れ枝のようにみすぼらしいし、腹は不必要に出ているし、それに……。

私は現実を直視して、苦笑するしかなかった。

まぁ、何度もこの身体から魔力を呼び寄せたので、自業自得だね。

「ノーラ……これ……」

(元々こんなものだったよ？)

驚愕するシシリーに対して、私はへらっと笑ってみせた。

まぁ、元からヨボヨボだったには違いないしね。

おおよそ、この身体ももって一ヶ月……いや、二週間くらいだろうか。

どこかのクズ王みたいに特別な魔法を使っているわけではないのだ。

絶対とは言えないけれど、おそらく、稀代の大賢者の勘で言えば。

当然ながら、身体があってこその命である。

身体の寿命が潰《つい》えたとき、私の命も終わる。

（そっか……誰かに悪いことされた、しかじゃないんだよね？）

（うん。侵入者が何かしたとかはないし思うかな）

外部的要因で何かされた形跡はない。ここに来た人は何が目的だったのだろう……。

だけど、それをあからさまに調査しようとしたら、シシリーを心配させるだけである。

だから、私は小さく息を吐いてから、「ねぇ、シシリー」と呼びかけた。

（今まで、こんなおばあちゃんのわがままに付き合ってくれて、ありがとうね）

そう——私がここまでシシリーを付き合わせたのは、彼女にお礼が言いたかったから。

本当はね、自分の身体で、シシリーを抱きしめたかったの。

だけど……今クリスタルから出してしまえば、いますぐこの身体が瓦解してしまいそうだ。

そんな些末で、独りよがりの願いは諦める。シシリーがびっくりしちゃうものね。

だから、お礼だけ。

私なんかにお礼を言われても、シシリーには一銭の得にもならないだろうけど。

それでも、彼女は『本当の私《ノーラ＝ノーズ》』をまっすぐ見上げながら、震えた声で聞いてくる。

「ねぇ、ノーラ……本当にどうにもならないのかな？」

（なにが？）

「わたしが研究者としていっぱい頑張ったら……ノーラを元気にすることできない？」

それは絶対に無理な話だね。

たとえ若返りの薬を使ったとて、こんな体では再生に耐えることができないだろう。人間の身体が八〇〇年保管されているだけでも奇跡なのだ。それこそ新しい身体でも作れない限り無茶な話である。

でも……そんな現実を、シシリーに話す必要はない。

私が、最期にシシリーにしてあげられることは――嘘を吐くことだけ。

(……それはシシリー次第かな?)

「じゃあ、待ってて！　わたしが必ずノーラを元気にしてあげるから！」

シシリーの年相応の希望に満ちた表情が、とてもまぶしい。

あぁ、彼女のこんな笑顔を見られるなら、私はどんな悪女にだってなってみせるよ。

それで彼女が夢の第一歩を踏み出せるなら、あとで恨まれることなんて容易《たやす》い。

そのときだった。背後になにか気配がする。

シシリーと同時に振り返れば、ひらりとなびくマントの裾が見えて。

(あいつが侵入者かな?)

「絶対にノーラを傷つけさせないんだからっ！」

だからシシリーさん、走り出すのが早いって。

私も慌てて彼女の後を追うけれど……どうにも先頭を走るフード付きマントの男は余裕があるようで、チラチラとこちらを窺ってくる。

……なんかあの人物に、見覚えがあるような……?

そして、私たちが洞窟を出たタイミングだった。

私の背中スレスレで、洞窟の入り口に強固な魔術結界が張られる。

この結界は、かつて私たちを閉じ込めた禁術。

すなわち、そんな術を扱えるのは——

（シシリー、身体を借りるよ！）

私のお願いに、彼女は未だに抗わない。だけど、それが今はありがたかった。

たとえ次代の賢者が相手でも、私の心の声は聞こえないのだから。

「アイヴィン！　どうしてあなたがこんなところにいるの!?」

すると、彼は自ら簡単にフードを外して。

柔らかな茶褐色髪のアイヴィン＝ダールは、いつもどおり軽薄な笑みを浮かべてきた。

「いやぁ、こないだは浮かれすぎて、見せちゃいけないものを見せちゃったから……謝ってこいって、怒られちゃって」

「……誰に怒られたの？」

私の疑問に、彼は答えない。ただ「あいつが俺と同じようなロマンチックなことを考えるとは思わなかったよ」と聞いてもいない言い訳をしてくるのみ。

このあいつは……おそらくマーク君だね。文化祭のときの謝罪をしているつもりなのだろう。

ふーん、一度は研究室に閉じこもっていたなんてしらばっくれておいて、ちゃんと『キスした人』に怒られたら、謝りに来ると。

なんだろうね、この気持ちは。

怒りを通り越して……あのとき涙を流した自分が情けなくなってくるよ。

アイヴィンはへらへらと笑ったまま言葉を続けた。

「シシリーちゃんも、本当にごめんね。でも俺、きみとの約束はちゃんと守ったからさ」

本当に、こいつは何を言ってくるのだろう。

だけど、苛立《いらだ》つ言葉の中に違和感が残る。

――シシリーちゃん？

「ねぇ、あなたは一体――」

「それじゃあ、また。とりあえず入職試験がんばってね」

そうして『彼』は、虚空に消える。

長距離の空間転移だ。『私《ノーラ＝ノーズ》』の魔力を使えば、後を追うこともできるだろう。

だけど、そうしたら最期、私は……。

迷う私を、心の中のシシリーが止めてくれる。

（もう、意味がわからない！　わたし、あんな人になんか負けない……あんな人よりすごい研究者になって、わたしがノーラを救ってみせるんだからっ!!）

そう――別にいいじゃないか。

こうして新学期明け、シシリーが王立魔導研究所の入職試験に臨むことになったのだから。

あっという間に三学期を迎えた。

三年生の三学期なんて、もうまともな授業もほとんどない。

結婚の準備。就職試験、あるいは研修。領地経営の引き継ぎ。上位専門学校への入学試験。

各々が将来に向かって、勝負するための期間だ。

そして今日、シシリーは王立魔導研究所の門を叩く。王都までは距離があるけど、今日だけは特別に、学園からの志願生に研究所の転送陣を使わせてくれるらしい。

「はあ～……」

（緊張しているの？）

「そりゃあね」

就職試験なるもの、当然面談もある。清潔感のある見目《みめ》に越したことはない。

なので、シシリーも鏡の前に座って髪を整えようとしたときだった。

「シシリー、まだいるんでしょう？」

ノックと同時に、聞き慣れた声がする。

その少し偉そうな声音に、シシリーは「いるよー」と返事をすれば、彼女は無許可で入ってきた。

「さすがわたくし、ちょうどいいタイミングだったみたいね」

「ネリア、どうしたの？」

「ふんっ、難関に挑む妹に、激励を送ってあげようと思ったの」

鼻息荒くしたシシリーの双子の姉・ネリアは当たり前のようにシシリーの後ろに立つ。

そしてシシリーからブラシを奪った彼女に、私は「ちょっと!?」と制止させたくなるけど……シシリーは平然と座ったままだった。

「わたしの髪を結ってくれるの？」

「なによ、不満？」

「ううん、すごく嬉しい」

んなわけないでしょう⁉

私は体育祭のときの惨めなお姉ちゃんの姿を忘れていないよ！

案の定、お姉ちゃんの手先は見ているこちらがヒヤヒヤするくらい不安定である。

それでも、鏡の前のシシリーはすごく嬉しそうな顔をしているから。

私は思いっきり口を尖らせることしかできなかった。

（見た目で落ちても知らないんだからね）

（その分、テストで点数をとればいいだけだよ）

（あら、ずいぶんたくましくなっちゃって）

今、鏡の前に——かつて姉の言いなりだった枯草令嬢はいない。


彼がやってきたのは、待合室で試験開始を待っていたときだった。

「トラバスタ嬢、ちょっといい？」

そう気安く呼び出してくる王立魔導研究所の若き天才アイヴィン＝ダールを、シシリーはキッと睨みつけて。その様子に周りの受験者はソワソワしているけどね。二人とも気にすることなく、廊下で見つめ合う。

「それで、わたしに何の御用ですか？」

「いやぁ……本当になんでこんなに嫌われてるのか、皆目見当も付かないんだけど」

アイヴィンはこめかみを掻きながらも、シシリーに尋ねてきた。

「最後の確認だけど、本当に俺からの推薦はいらないんだね？」

「いりません」

シシリーは即答してしまったが、めちゃくちゃ美味しい話である。

だって次代の賢者とも称されるアイヴィンからの推薦があれば、入職確実。

その申し出を即座に断るだなんて……そんな胆力、いつの間に身に着けたのだろうね。

そんなカッコよすぎるシシリーにアイヴィンも苦笑する。

「なら、もう俺は何も言わないよ。試験がんばってね、トラバスタ嬢」

「あなたの応援なんて結構です！」

きっぱり言い切ったシシリーが踵を返す。

だけど、彼女はすぐに足を止めて、チラッと振り返った。

「あの、ひとつだけ質問いいですか？」

「試験問題以外ならなんでも」

壁に身体を預けたアイヴィンは、どこか少しだけ嬉しそうに見えて。

だけど、尋ねるシシリーの表情はとても固かった。

「どうしていつも、わたしとノーラの見分けが付くの？」

すると、アイヴィンは「ぷっ」と噴き出す。その直後に見せた顔は、とても誇らしげだった。

「惚れた女くらい、すぐわかるに決まっているだろ」

そのセリフを、未だ嬉しく思ってしまう自分が悔しくもあるけれど。

「そんな惚れた女を裏切ったくせに！」

頬を膨らませてズンズン待合室に戻るシシリーの勇ましさに、私は自然と笑顔になっていた。

（まぁまぁ、もう過ぎたことなんだから）

（過ぎてない！　わたしがノーラの運命の相手を見つけてあげるまで、この話は終わらないんだから！）

これはまた……ずいぶん壮大なことを言ってきたね？

そうか、今度はシシリーが私の完璧な人生を用意してくれようとしているのか。

そんな――ありえない未来に、思いを馳せて。

（ほら、もうすぐ試験時間の始まりだよ！）

（うんっ！）

私はシシリーの背中を、熱のない手で押す。

これは、私にできる最後のエールだ。

筆記試験の真っ最中。

（ノーラ、どうしたの？）

（もうちょっと見納めてもよかったかな、って思って）

（えっ？）

てっきりシシリーは目の前の問題に集中していると思ったら、私の様子を窺う余裕があるとは。

（てか、なに？　次代の大賢者シシリー＝トラバスタ様には、このくらいの問題は朝飯前？）

（なにその次代の大賢者って）

（だって彼を超えるなら、大賢者になるしかないでしょう？）

彼とはもちろん、次代の賢者ことアイヴィン＝ダール。

正直、最期にもう一度彼と話しておきたかったな。

せめて、彼の顔を見納めておけばよかった。

そんなことを、思わないでもないけれど……あぁ、やっぱり八〇〇年生きてようやく知ることもあるんだね。どんなに準備をしていたとしても、後悔って残るものなんだ。

（ノーラ？）

（ほら、集中集中！）

私が無理やり話を切ると、シシリーは渋々解答用紙にペンを走らせ始める。

彼女が紡いでいく文章に、私は口角を下げることができない。

まさかの面談の相手に、私は目を見開いた。

あらまー、ずいぶん大物が出てきたね？

「はじめまして、でいいんですよね？　シシリー＝トラバスタさん」

「はい。お初にお目にかかります」

受験者はひとりずつ割り当てられた部屋に通されるシステムらしいけど、まさか普通の部屋の中に所長を務めるオジサンだけが待っているとは思わなかった。

夏の頃と変わらず、少し白髪交じりのぽっちゃりなアイヴィンの養父である。

そんなお偉いさんに丁寧にお辞儀《カーテシー》をしたシシリーは、誇らしげに顔を上げた。

「わたしがシシリー＝トラバスタです」

夏に会ったときは、『ノーラ＝ノーズ』が攻撃魔術《嫌がらせ》を受けたからね。

『シシリー』本人が所長とお話しするのは、たしかに初めてだ。

そんな一対一の特別待遇に臆することなく、シシリーは「どうぞ」と案内された椅子に腰をかける。

そこからは志望動機など、無難な質問がされるかと思いきや……この所長、いきなりテーブルに肘をついてニコニコと笑いかけてきた。

「さきほどの答案に、あなたは面白いことを書いていましたね」

それは私も同感である。

先の試験問題は、シンプルな大問がひとつだけだったのだ。


問、『魔力』とは何か。あなた自身の定義を答えよ。

模範的な定義を答えるならば『誰しもに備わった生命力。その起源は我ら人類が地上に産み落とされたときに神より授かった能力のひとつだが、近代では血液中に含まれる成分のひとつとされており――』などと、神話から現代の魔術式における仮説などに繋げてごちゃごちゃと知っている知識をそれらしく書き連ねるのが、試験のセオリーなのだと思う。

が、シシリーの回答はこうだった。

答え、自信です。目の前にどんな困難が立ち塞がろうとも、たとえ見知らぬ場所に一人きりになろうとも、しっかりと前を向いて、自分の足で歩いていく力――そんな勇気が、わたしたちに奇跡を与えてくれるのだと思います。

以上である。

そりゃあ、私とおしゃべりをする暇も生まれるというほどの簡潔さだ。

しかも、そんな精神論が通用するのはせいぜい『魔法』が繁栄していた時代だけ。

もっと効率的で体系的な学問となった現代においてはナンセンス。それこそ八〇〇年前の人間くらいしか信じていない理屈だ。

……それをわからないシシリーではないはずなのに。

所長は和やかな口調で尋ねてきた。

「大半の学生は、魔力という動力の組成など具体的に語るものですけどね。あなたのその考えは、

『誰か』からの教えですか？」

誰かとは、当然大昔の大天才のことを指しているのだろう。

シシリーもそのことを察しているはずなのに、なぜか嬉しそうな顔で答えた。

「はいっ！」

「ほお……あなたにとって、そのひとはどんな方ですか？」

その質問に対するシシリーの回答は、とても力強かった。

「とても強い女性です。すごい実力があるから、いつでも手を抜けるはずなのに……いつも全力で、背筋を伸ばして、何事にも前向きに取り組む女性です」

いや、なにこの羞恥体験。

なぜシシリーの面接のはずなのに、私の話をし始めたのだろう……。

だけど、シシリーのお喋りは止まらない。

「それに、とても優しい女性です。自分が悪役になることも、自分が傷つくことすらも厭わない、とても心の広い女性です。いつか、わたしも彼女のような悪女になりたいんです。彼女のように、誰よりも優しい悪女になりたいんです」

それはただの買い被りというか、百歩譲ってもただの年の功というか。

それに、心優しい悪女って何かな？　矛盾してない？

めちゃくちゃ論破したいところだけど、我慢だ、我慢だ……。

こんなむず痒い思いも、あとほんの僅かで終わるのだから。

「そうですか……あなたにとって、その方との出会いはとても良いものになったのですね」

「はいっ！」

だから、返事が清々しすぎるってば……。

なんと、面接内容はこんなんで終わってしまうらしい。

所長は「それじゃあ、最後にこちらの水晶で魔力測定を」と頭蓋骨大の水晶を出してくる。

研究員とて、やはり王のお膝元にある魔術機関である以上、最低限の魔力を持ち合わせていないと話にならないのだろう。それは昔も今も変わらないらしい。

事前に聞いていた規定値は、平均魔力値の一・七五倍ほどだった。

アイヴィンクラスで、平均の二倍は軽く超えるけど三倍までは届かない程度のはず。

果たして、一年前まで『枯草令嬢』だったシシリーは？

（ノーラ、見ていてね）

彼女はそう私に話しかけてから、水晶に手を掲げて目を瞑る。

そして体内の魔力を手のひらに集めて――彼女は叫んだ。

「来い、わたしの魔力っ！」

ちょっと、それはいったい誰の真似!?

来いも何も、あなたの魔力はあなたの中にちゃんとあるでしょう!?

でも……あぁ、もう、目頭が熱い。

そんな『稀代の悪女』の真似で、水晶がこんなにもまぶしく光るなら。

――もう、私なんて要らない、かな……。

シシリーの体内から、大きな魔力が膨れ上がった。

だけど魔力の操作がまだ未熟なせいか、水晶以外の場所に溢れてしまっているね。それでも、溢れた魔力さえもエメラルドに可視化できるくらい、濃い魔力量を数値化するならば……まさに『稀代の悪女』クラスといっても過言ではないのだろうか。

そのとき、ずっと微笑ましく見守っていた所長が声を荒らげる。

「これ以上はおやめなさいっ！」

「まだいけますっ！」

「違います、あなたの大切なひとが――」

――もう遅い、かな。

私の声はもう誰にも届かない。

シシリー自身の魔力が、完全に私を追い出してしまった。

私にまだ『魔力《やる気》』があれば話は別かもしれないけれど……もう、何も思い残すことはないからね。

シシリーが、こんなにも立派になって。

私も、すごく楽しい青春を送れた。

アニータと仲良くなれて嬉しかったな。

素直じゃないお姉ちゃんも、最終的にはなかなか可愛くなったね。

大勢の前で演じたり歌ったり、何よりみんなでひとつの舞台を作り上げる経験がすごく新鮮だった。

体育祭では、自分の運動神経の悪さをこれでもかと痛感させられたな。

里帰りも、パパのお膝に乗ったりと親に甘える疑似体験をしてみたし。

死んでも残る母の愛情には、とても驚かされたっけ。

図書館デートも見ていただけとはいえ、ものすごくドキドキした。

王宮メイド体験も、なかなか刺激的だったね。

疑似失恋体験も……今から振り返れば、青春のスパイスだったかも。

あんなに悲しいものだなんて、私は知らなかったよ。『失恋戦争』だっけ……そんな八〇〇年前の偽りの惨劇も、本当に私が『失恋』をしていたなら、起こりえたかもしれないね。

それほどの激情だったなんて、私は知らなかった。

アニータやシシリーがいたから、今、そんなバカみたいなことをするつもりはないけどさ。

だからもう、思い残すことはない。

なにより、シシリーがこんなに頼もしくなったのだ。

最初の約束より、少しだけ早いけど……。

(今までありがとう)

私の魔力が身体から抜けた感覚に、ようやくシシリーも気が付いたのだろう。

彼女は慌てて虚空を見上げて叫んでいた。

「ノーラ……ノーラ！　ノーラッ!!」

シシリーが伸ばした手に、私も手を伸ばしているけれど。

やっぱり、私の手では、彼女に触れることができなくて。

だから最期に、私は彼女を抱きしめる。

(さよなら、シシリー)

彼女の温《ぬく》もりはわからないし、私の体温が伝わるはずもないけれど。

それでも、私の大切な大切なあなたに、どうしても最期に伝えたかったから。


(だいすき)


そして、稀代の悪女・ノーラ＝ノーデは消える。

八〇〇年以上にわたる人生の幕引きに、大好きなひとの泣き声を聴きながら。


「どうして……どうして、ノーラ!!」

わたしは床に膝をついて、ただ泣き崩れるしかなかった。

わたしの中から、ノーラが消えた。

自由に動く自分の身体が、これほど重いものだったなんて。

「どうして、いきなり……?」

「あなたの魔力の放出と同時に、あなたに混じっていた異質の魔力が抜けていくのが視《み》えました」

わたしの疑問に、丁寧に答えてくれる所長さん。

聞きたい相手は、あなたではないけれど……わたしの口は嗚咽以外に言葉を為してくれそうにない。

「どういう原理で、あなたの身体に他の人格と魔力が混ざっていたのかはわかりません。それこそ、まさに入職希望者に問いかけるくらい、本当は『魔力』なんて形ないモノの真相は誰にも解明できていないのです――それこそ、『稀代の悪女』にも」

なんで？

どうして？

まだ一年も経っていないのに。

ついさっきまで、わたしと普通にお喋りしてくれていたのに。

所長さんの言葉が頭に入ってこない。

ただただ、わたしの中には疑問符とノーラへの文句が浮かぶだけ。

「……試験結果は追ってお知らせします。春に、また笑って会えることを願っております」

気が付いたら、わたしは研究所の外に出ていた。

試験は……終わったのかな。でも、もうどうでもいいや。

だって、ノーラに『さよなら』って、言われてしまったから。

ノーラがいないなら、わたしが研究者になる必要なんて……。

「でも、もしかしたら……」

もしかしたら、ただ憑依が解けてしまっただけかもしれない。

封印が解けて、ただ自分の身体に戻っただけなのだとしたら？

「急いで迎えに行かなきゃ！」

いくらノーラとて、あんな老体で、ひとりで下山できるはずがない。

そう――馬車乗り場へ向かおうとしたときだった。

「行っても無駄だよ」

わたしは腕を引かれてしまう。

振り返らなくても、誰が相手なのかわかった。

だって最近、ずっとわたしの邪魔をしてくる悪者だもの。

「なんで……どうして、あなたが……!!」

「最後に、きみにだけは挨拶しておこうと思って」

結局、わたしはこのアイヴィン＝ダールを睨むことしかできない。

涙をポロポロ零しながらなんて、ひどくカッコ悪いだけだけど。

「ノーラ、いなくなっちゃったよ？」

「知ってる」

「それなら、なおさら！」

ノーラがいなくなったのに、なんでこんな平然としているの？

泣かないの？　嘆かないの？

本当に……あなたはにとってノーラはただの遊びだったの？

ノーラのことを、本当になんとも思っていなかったの？

それなのに、彼はわたしを優しい眼差しで見下ろしてくるんだ。

「トラバスタ嬢はどうか、きみらしい研究者になってほしい。あと、マークのこともよろしくね。あいつ、かなりきみに惚れ込んでいるようだからさ」

「あなた……どの口で……」

「ほんと、何をどう勘違いしているのかわからないけれど……」

彼は困ったように苦笑してから、きゅっと表情を引き締めた。

「必ず、俺がきみのもとにノーラを返してあげるから」

わたしを掴んだままの彼の手に力がこもる。

「だからどうか、ノーラが戻ってきたら……あとは任せた。きみにしか頼めないんだ。俺のことは、どんなに嫌いになってくれても構わないから」

痛いくらいの頼みに、わたしは小さくため息を吐くしかない。

「なにそれ、あなたは昔から本当に自分勝手だったね」

「たとえば、どんなとき？」

「二年生のときの体育祭のときとか」

「あー、お弁当のこと？」

それは、わたしがネリアに作ったお弁当の感想を、わざわざわたしに伝えに来たときのこと。

別にわたしはネリアが楽しいランチタイムを過ごせればよかったのだ。それこそ『ご苦労』の一言でも労《ねぎら》ってもらえたら十分だった。

なのに、あなたはわざわざわたしのもとへ来たあげくに『一緒にお昼を食べてあげようか』なんて、こっちが余計に惨めになる提案までしてきて……。

そんな枯草の心情なんて、天才には永遠にわかりっこないのだろう。

「おかしいなぁ、俺なりの気遣いのつもりだったんだけど」

「その上から目線がムカつくんだよ。何様のつもり？」

「はは、ここで『次代の賢者ですけど』なんて言えたら、カッコいいんだろうな」

そう――それがよりムカつく。

ノーラと同じくらい天才のはずなのに、変に謙虚なところが余計にムカつく。

「そんな大それた異名は、俺が死んだ後にも残らないはずだけど」

そんな愚痴を切なそうに聞かされたところで、わたしに何を期待しているのだろう。

「最後にきみと話せてよかった」

「わたしは話したくなかった」

「それは残念だ」

残念だと言いながら、なんであなたは笑っているのだろうか。

なんで、そんなに誇らしげなのだろうか。

「それじゃあ、さよなら」

そして、アイヴィン＝ダールもまたわたしの目の前から消える。

まぁ、彼の場合は、どこかへ転移しただけなのだろうけれど。

ひとりになったわたしは大きく息を吸う。

「ほんとーに、どいつもこいつも自分勝手なんだから〜っ!!」

わたしは髪をほどいた。

せっかくネリアに結んでもらった髪だけど……ひっつめすぎた結び目が少し痛かったのだ。

長い髪を掻きむしるようにほぐしてから、わたしは歩き出す。

「もういいよ、それだったら」

なんか、だんだんイライラしてきた。

わたしは一人になってしまった。天才たちに振り回されて、結局わたしはひとりぼっちだ。

しかも、彼女はわたしに色々なものを揃えてくれると言っておいて……一番欲しいものだけくれなかった。なんてひどい女なのだろう。

そうだ、ノーラ＝ノーズもアイヴィン＝ダールも、なんて悪いやつらなんだ！

そんな悪いやつらのために、いつまでもわたしがいい子でいると思うなよ！

だから、わたしは決意する。その決意を込めて、私は指先に魔力をこめた。

その指で、ずっと伸ばしっぱなしだった後ろ髪をバッサリと切る。

もうこんなことだって、簡単にできるようになったんだから。

離した緑の髪の毛も、風に乗って遥か彼方へ飛んでいく。

「わたしも好きに生きてやる」

そして、稀代の悪女・ノーラ＝ノーズは消える。

八〇〇年以上にわたる人生の幕引きに、大好きなひとの泣き声を聴きながら。

——と、思ったんだけどね？

「なんで私、生きてるの？」

5章　ひっそり青春を楽しんでいた

私は死んだはずである。

私の弱った自我がシシリーの魔力に追い出されてしまった。

肉体を失った自我が、私の弱りきった本体に戻っても命を繋げるはずもない。

そのため私は洞窟の冷たいクリスタルの中で、静かに老衰を迎えるはずだったのだが。

「なんで私、生きてるの？」

「俺が生き返らせたから」

私の問いかけに、即答した老人がおちゃらけた様子で肩をすくめる。

「て、カッコよく言えたらよかったんだけどね」

「あなたは――」

古ぼけたフード付きマントで顔を隠した男の背格好。多少背筋が曲がったように思えるけれど、無駄にあふれる色気には妙に覚えがある。

「私に冤罪を押し付けたやつ！」

「そんなこともあったねー。あれも、もう二〇年くらい前になるのかな？」

たしかに言われてみれば、首のしわもクシャクシャだし、私を撫でてくる手もシワシワのカサカサ。

若かりし頃はかなりの美青年だったと窺えるけど……今はただの余命目前おじいさんである。

場所は私が封印されていた洞窟の中。クリスタルはもう割れてしまっているけれど、破片にこもった魔力からして、まだ割れたばかりらしい。他にも隅に書類が乱雑に積まれていたり、寝袋などの生活用品などが雑に置かれていることからして、きっと誰かがこの場所で研究でもしていたのだろう。

そう――このおじいさん的な誰かがね？

私がジッと観察していると、彼は苦笑して私の首元に、顔を埋《うず》めた。

「そんなに見ないでよ。一〇代の頃なら自信あったけど、さすがにもうこの歳じゃね」

「もしかして――」

言うのが早いか、私がフードを無理やり剥がすのが早いか。

たとえしわだらけで髭が生えていたししても、どこか猫を思わせる瞳と色気ある笑みを、私が見間違えるはずがなかった。

だって彼は老年になっても、私を見て、嬉しそうに目を細めるのだから。

「ようやく会えたね。俺の女王様《マイ・クイーン》」

「アイヴィン＝ダール⁉」

思いっきり指さしたとて、彼はそれを咎めたりしない。

困惑する私を幸せそうに見つめるだけだった。

「え、どういうこと？　アイヴィンがこんな年をとったってことは――」

「きみがシシリー＝トラバスタと離れてから、六〇年が経ったんだ。だから、俺ももう七八歳。それでも、八〇〇年以上生きてきたきみにしってては大した年月じゃないのかもしれないけど」

あれから六〇年だって?

たしかに『私《ノーラ=ノーズ》』の身体は、あのときに限界を迎えるはずだった。

肉体の再生なんて、少なくともあの時代のまともな魔術では叶うはずがない。私が急ごしらえに作った若返りの薬だって、それこそ本物の九〇歳くらいならまだしも、八〇〇年間クリスタル漬けの肉体に使える代物ではなかった。

だったら、私が今、依り代にしているものは——?

「鏡でも見てみる?」

そう言うやいなや、老年アイヴィンが魔術で姿見を錬成してくれる。

映った姿に、私は三度驚かされることになった。

長い黒髪に包まれたのは、懐かしい『ノーラ=ノーズ』を思わせる菫色の瞳。

まぁ、素っ裸なのは研究者の愛嬌だとしても……本来なら関節があるだろう場所場所に、人形の節のような接着痕が見られる。そして肝心の胸元には赤い魔力クリスタルが付いていた。

だけど、やっぱり見入ってしまうのは顔である。

なーんか、こう……どこかで見覚えがあるような……。

おずおずと、私は髪を左右に分けて、目の前に指で輪を作ってみる。

すると、モヤモヤが一気に晴れた。

「これハナちゃんじゃん!?」

「あの『ハナちゃん』がきみ自身だったんだよ」

「はあ〜〜⁉」

いやぁ、さすがの私も頭を抱えてしまうかな。

だってハナちゃんは当時一八歳でみんなと同い年で。つまり六〇年後は当たり前のようにアイヴィン同様おばあちゃんになっているはずで。それなのに、六〇年後に鏡に映った『私《ハナちゃん》』は未だ一八歳くらいの少女だ。

いや……そもそも時系列がおかしい。

「え、アイヴィンさん。もしかして、時間移動とかやっちゃったりする？」

「全部一から説明してあげるね」

私がこの八〇〇年で一番大混乱している中、アイヴィンはとても楽しそうだった。

……わかるよ。同じ研究者として、その気持ちはすごくわかる。

自分の挙げた成果を説明するときほど、自尊心が満たされるものだよね。

「きみの魂自体は、きみが消えたあとすぐにクリスタル化させた。保存にはかつて稀代の大賢者が作った生命維持装置があったからね。それを使って、丁重に魔力が劣化しないように保存しておいたよ。母さんの二の舞にならないようにさ」

どうせなら、被検体に服を着せることも覚えていてほしかったよね……。

恨めしく自分の身体を見下ろしていると、「そういやシシリーちゃんが言ってたっけね」とアイヴィンがゴソゴソと取り出したのは簡素なワンピースだ。

ばんざーいして着せてもらって、ついでにその場を飛び跳ねてみたりして。

手足の動く感覚に違和感があるものの、かえって軽い。

まるで稀代の大賢者が、魔法でパペットを動かしているが如く。

「この身体は人形……それも、この魔力の感応からして殺人人形《キリングドール》？」

「ご名答。さすが稀代の大賢者だね」

「今褒められても、まるで嬉しくないかな」

ニコニコしている老年アイヴィンはさておいて、私は思案に耽る。

どうやらアイヴィンはかつての母親の研究と同じことを施したらしい。

ここまでの段階で、アイヴィンはとんでもないことをしてくれたことが否めない。

「ちょっと頭の中を整理していい？」

「もちろん、どうぞ？」

アイヴィンがキリングドールに私の魂を憑依させた。

それだけなら、アイヴィンはすでに学生の頃に自身の母親でその実験を完成させていたからね。細かいことを気にしなければ、さほど驚くことでもない。

でも当時でキリングドールは二体しか残存していなかったうち、一体は私が壊して、一体は母親に使ったあげく私が壊した。ならば、この身体に使った人形はどうやって手に入れたのか。

アイヴィンがキリングドールと同性能の人形を新しく作った可能性はあるけれど、ならば私たちが学生していたときに、私が六〇歳くらいのアイヴィンを見かけた理由は？

さらにアイヴィンの言うことが本当ならば、この『私《ハナちゃん》』を、六〇年前に転移させたことになるのでは？

だけど、それらの前に気になることがある。

「私の本来の肉体はどうなったの？」

「それは丁重に処理させてもらったよ」

アイヴィンが指を鳴らせば、洞窟の奥にぽっかり穴が開く。見えない部屋を作っていたのだろう。

私がのぞきに行くと、その部屋からはひんやりと冷気が漏れていた。

中にあるのは、漆喰《しっくい》の棺桶だけ。窓を開ければ、そこには見覚えのある老婆の顔。穏やかな顔をしており、死に化粧まできれいに施されているようである。

「……できれば、土に還しておいてもらいたかったな。海に撒いてもいいけど」

「そんな勿体ないことはできないよ。もしかしたら、きみ自身の遺体のどの部分が材料になるかもしれなかったしね」

実際に髪の毛や爪の一部はその身体に混ぜ込んであるよ、と笑顔で語る老年の研究者に、そこはかとない執念や狂気のようなものを感じつつ。

私がその部屋から踵を返すと、アイヴィンは私の顔をニコニコと見つめてくる。

それが気まずくて視線を逸らしていると、彼が訊いてくる。

「どうして目を合わせてくれないの？」

「……まだ腑に落ちてないことが多いからね」

「焦らなくても、ちゃんと説明するってば」

すると、アイヴィンは私が問いかけるまでもなく、説明をしてくれる。

「時間転移の術式なら、三〇年前に俺が完成させたんだ。きみの身体に使った人形も、学生のときにきみが粉々に粉砕してくれたキリングドールだよ。あの欠片にはきみの魔力がふんだんに宿っていたからね。きみの魂を定着させるに、これ以上ない器だと思ったんだ」

そうだね。私も分野違いとはいえ、同じ研究者だ。理屈はわかるよ。

つまり、こういうことだ。

「あのキリングドール暴走事件も――」

「そう、全部俺が犯人♡」

いい歳したおじいちゃんがそんなかわいい顔で言わないでも、すべての元凶はアイヴィン＝ダールであったことには違いないわけで！

私は思いっきり怒りを魔力にこめて、一発の衝撃波を投げつけてみた。

この程度、あっさりアイヴィンは防ぐどころか吸収してみせてしまうけれど……その芸当、キリングドール事件のときに私がしてみせたことだね？　ちくしょーめ。

だけど、今のじゃれ合いでわかったこともある。

このキリングドールの身体は想像以上に身体以上に扱いやすいこと。

そして、アイヴィンの身体が――

私は後者にはまだ触れず、とりあえず確認を進める。

「そもそも時間転移の魔術自体が、あの時代じゃまだ未完成だったと思うのだけど」

「だから俺が完成させたんだって。そもそも基本提唱はあのクズ王が終わらせてくれていたからね。そこから、あのときにきみが行った呪い返しの魔術や、俺自身の身体や、クズ王の遺体を研究材料にして……まぁ、連発はできないけど、実験段階にまでは形にできたよ」

得意げな彼に、私は苦笑を返した。

「うわぁ……天才の執念って怖いね」

「俺を超える天才に言われなくないな」

そのとき、彼が咳き込んだ。

痰が絡まったかなり重い咳だ。あちこちに葉巻の吸い殻が大量に転がっているからね。ストレスの捌け口に使っていたのだろう。身体に悪いことを、彼が知らないはずがなかろうに。

「六〇年間、ずっとひとりぼっちだったの?」

「死んだ人間を人形として生き返らせることに、時間移動……そんな研究を公にできると思う?」

私が返事の代わりに吸い殻を踏み潰すと、彼が「ははっ」と笑った。

「まぁ、もうこんな歳だからさ。『あのころ』に戻る前に、老人の最後のお願いを聞いてもらいたいのだけど」

「重いって」

「俺の愛が重いのは、六〇年前から知っていただろう?」

そんな軽口は、たしかにいくらでも楽しめそうだけど……。

私が過去の楽しい時間に戻ったあと、ひとり年老いた彼はどうなるのだろう。

それを覚悟している老人が、心底嬉しそうな顔で私を口説いてくる。

「シシリーちゃんとの約束通り、ちゃんときみを『あのころ』に戻してあげるから。最後に一晩だけ、きみの時間を俺にくれないかな？　ゆっくりと……何気ないお喋りを、きみと二人きりでしたいって……ずっとそれだけを夢見ていたんだ」

そんな努力の末の、ささやかすぎるお願いに。

私はにっこりと笑みを返した。

「うん、断る♡」

「酷《ひど》っ!!」

絶句するアイヴィンに対して、私は飄《ひょう》々《ひょう》と尋ねる。

「ところで、アニータは現在どのあたりに住んでいるか知ってる？」

「彼女なら、トラバスタ家の跡地にできた病院で療養しているはずだけど」

「どこか具合悪いの？」

「まぁ、みんなもう歳だからね」

そっか……みんな同い年だったのだから、当然の話なのだけど。

それでも心のどこかでショックを受けていると、アイヴィンが苦笑する。

「ちなみに、その病院を創ったのはシシリーちゃんのお姉ちゃんだ」

「まじで!?」

シシリーの姉といったら、あのかつてのとんでもわがまま姉ちゃんネリアである。

たしかに、トラバスタ家の跡地を使った病院ならば、土地の権利が彼女に渡っていてもおかしくないわけで。あのあと、彼女は無事に王宮メイドになれたのだろうか。そのあとどういう人生を歩んだら、実家の跡地に病院を創ろうという考えに及んだのだろうか。

そもそも、あれから六〇年。シシリーは今、なにをしているのかな。

ちゃんと幸せになれたのかな……。だけど、私はそれをアイヴィンに聞かない。

代わりにパンッと自分の両頬を叩いて、気合を入れる。

「よし、それじゃあ行ってくるね！」

「どこへ？」

「すぐ戻ってくるよ」

そして使うは、転移の魔法。やっぱりこの人形の身体は魔力の効率がすごくいい。

きっと製作者《アイヴィン》が、丁寧に調整してくれたのだろうな。

そんな天才の愛情と、呆気にとられた視線を全身で浴びて、私は跳んだ。

かなり長距離の移動だったけど、無事にできたみたいだね。

目を開ければ、そこは簡素だけど清潔な部屋。

窓から見る夜の風景だけ、少しだけ覚えがあるようなないような……まぁ、六〇年前の夏に少しだけ訪れた風景なんて、変わっていて当然だけど。

そんな夜風に靡いた髪を耳にかけていると、ベッドの主の声がする。

「ひとの寝室に来るのに、ノックもしないなんて……相変わらずですわね」

「ごめんって――アニータ」

張りのあった長い金髪も、いまや細い白髪となっていた。肌の張りも失われ、少し小柄に、だけどふっくらした体型になりながらも、彼女の高貴な喋り方と芯のある魔力に変わりはない。

ベッドで寝ていた老婦人がゆっくりと身を起こそうとする。だけど、身体がつらいのだろう。上がりきらない上半身を、私はそっと戻してやった。

「私ってわかるんだ？」

「正直、もう目がほとんど見えておりませんの。それでも、あなたのふてぶてしい気配を忘れるほど薄情ではなくってよ」

「それは褒めてくれているのかな？」

私からすれば、ほんの数週間ぶりくらいの感覚だけど……アニータからしたら、何十年ぶりの再会になるのかもしれないね。

それでも変わらない会話をしてくれるアニータがやっぱり愛い。

だけど、私は彼女の頭をそっと撫でながらも、目的の質問をする。

「さっそくで悪いんだけど、私があげたネックレスはまだ取っておいたりしてないかな？」

「まったく……本当に情緒もなにもありませんのね。まぁ、そろそろ来る頃だと思ってましたけど」

口を尖らせながらも、アニータはベッドサイドの小棚を指さす。引き出しにはベルベットのケースだけがぽつんと入っていた。

その中には赤い液体の入ったハート形のペンダント容器が、あの当時のまま保管されている。

思わず目頭が熱くなるね。あんな適当に、実験授業の合間に作ったものを、こんな大切に何十年も取っておいてくれるだなんて。ほんとうに、アニータは……。

私は声が震えるのを懸命に堪えながら尋ねる。

「一度あげたもので悪いけど……これ、返してもらってもいいかな？」

「構わなくてよ。あたくし、はなから使う予定ありませんでしたもの」

「ごめんね。これを使えば、アニータも若返ることが――」

そのとき、ビシッと手に痛みが走る。アニータに叩かれたらしい。地味に痛い。

叩いた本人に悪気の色は一切なかった。

「馬鹿にしないでくださいまし。あたくしが自分の人生を後悔するような生き方をしてきたと思って？」

たとえベッドの中から動けなくても、若い頃と変わらない高貴な彼女の生きざまに。

私は大好きが止まらなかった。

「あぁ、もう……今日も私の友人がとても愛いなぁ」

「ふふっ、この年になって『愛い』なんて言ってくれるの、あなたくらいよ？」

「出会った頃からずっと思っていたけどね」

そのあと、私たちに会話はない。

だって、今から私がしようとしていることのためには――彼女の今までを聞くわけにはいかないからね。彼女の苦労も、喜びも、私は今から共有していくのだ。

まだ何も知らない私が、彼女にかけられる言葉はない。

そして、やっぱりアニータは敏《さと》くて、優しかった。

「ほら、早く行きなさい。大切な人が待っているのでしょう？」

「うん」

「死ぬ前に……またあなたに会えてよかった……ノーラ。あたくしの大好きな親友……」

ゆっくり眠りにつくアニータの手を握る。

たくさんのしわが刻まれた手が、とてもとても愛おしい。

そして、私が気付いていた。

アニータが『私』の名前を呼んでくれた。

『私』たちがここまで歩んできた関係を悟って、私は目を細める。

「私も大好きだよ、アニータ」

私はカーテンを揺らす夜風に乗じて、あなたと過ごした青春の続きに帰るのだ。


だけど、その前に。

「アイヴィン、ただいまー」

「うわ、ほんとに気安く帰ってきた……！」

おじいちゃんアイヴィンがジト目で睨んでくるけどね、怯《ひる》みませんとも。

だってあんなに素敵なアニータに会ってきちゃったんだもの。ますますやる気を出しちゃったよ。

「じゃあ、飲んで？」

「えっ？」

私はすぽっとアニータから貰ってきたペンダントの蓋を開けて、自分の口にあおった。

そして、アイヴィンの両頬をぐいっと引き寄せて、そのまま口移しにする。

猫のような瞳は、若い頃と変わらないね。

だけどそんな照れた顔は初めて見たよ。ちょっと快感になりそうだ。

しかし彼はお忘れのようだけど――彼が復活させた女は『稀代の悪女』なのである。

「う……がが、がががあああああああ!!」

間もなくして、地に伏せたアイヴィンが苦しみだした。

さて、このアニータにあげた薬のこと、アイヴィンは覚えていただろうか。

究極の若返りの秘薬である。

かつては王立魔導研究所への入職が絶望的になり落ち込んだアニータに、人生をやり直したくなったとき用に作ってあげた『肉体を細胞レベルで強制的に再生させる薬』だ。

まぁ、八〇〇年前に封印された疑似九〇歳女性ノーラ＝ノーズには使えなかったけどね。

純粋な八〇歳近い男性のアイヴィン＝ダールなら、なんとかなるだろう。

絶望を超えた痛みに耐えられたなら、の話だけど。

苦悶に呻くアイヴィンが、なけなしの力で私に手を伸ばしてくる。

「いっそのこと……殺して……」

「やぁだ♡　また一緒に青春やり直そうね」

「この～～……」

アイヴィンの口の動きからして『悪女め』と言いたかったのかな？

言われずとも、存じておりますとも。

正真正銘の天才賢者になった男のうめき声が、深夜の洞窟に響き渡る。


「早く殺してくれ……って、八〇〇回は思ったね」

「おつかれ～。時間移動の方法は把握しておいたよ。ちゃんと二人用にアレンジもしておいたから」

「は？」

私は書き書きしていた書類を置いて、汗だくのアイヴィンを袖で拭ってあげた。

だけど彼は私の優しさよりも書類が気になっている様子だったので、私の一晩の成果を見せてあげる。

「これだと施行者になる予定だったアイヴィンの負荷が強いからね。均等になるように魔導陣の式を組み替えておいたよ。あと私の入っていたクリスタルの破片を残しておくのもあれだし、動力源にすべて変換できるように調整もしておいた」

わざわざ言葉にしなくても、彼なら一読するだけで私の意図くらい把握してくれると思うけど。

書類から視線をあげたアイヴィンは、本当に信じられないとばかりに目を丸くしていた。

「本気で俺と一緒に時を戻るつもりなの？」

「自分の身体を見てから、もう一度聞いてもらえるかな？」

なので、今度は私が魔法で鏡を作ってあげた。そこに映るのは、亜麻色の柔らかそうな短髪に、猫のような金の瞳を持つ一八歳の色男君。もちろん背筋もピンと伸びて、細身ながらも服越しにもちゃんと男の子だとわかる体躯も、私が一番馴染みのある彼そのものである。

さて、彼が久方ぶりの色男を堪能している間に。

私は簡単な火の魔法を使った。あたりに散乱していた紙束全部に火をつけたのだ。

ついでに、私の身体の保安庫の中にも豪火を投げておいた。

当然、火事にならないような絶妙な火加減に、アイヴィンは感嘆を漏らす。

「お、俺の六〇年の苦労が……て、自分の身体も？」

「え、こんな悪用されそうなの、後世に残すつもりだったの？」

そんなの、私のほうがびっくりである。

人間の魂を人形に映す技術とか、時を遡る技術とか……そんな技術が悪人の手に渡ったら、どれだけ歴史が歪むことになろうか……まぁ、今からそんなズルいことをするんだけどね？

「それはまあ……でも、自分の身体も燃やしちゃってよかったのかい？」

「後世の研究者には申し訳ないけど、自分の遺体を研究対象にされるのはいやだ」

「自分は散々研究しておいてね～」

別に、昔も死体を使った研究は流行り病のときとか、珍しい死因の原因究明とか以外は積極的にしていなかったさ。……それでも結構なご遺体数にご協力いただいていたかもしれないけど。しかし誠に勝手ながら、自分がなるのはいやってのが乙女心というものである。

私がむくれていると、アイヴィンが「ぷっ」と噴き出した。

「まぁ、きみがいいならいいや。俺の成果も、これからの楽しい青春の対価ってことで」

相変わらずのイイ男、アイヴィン＝ゾールはあっさりと自分の過去にケリをつけて。

炎が広がる中で、私の両手をとる。足元には美しい魔導陣が広がりつつあった。

チラッと見ただけで、完璧に私の意図通りの術式を行使してくれるのだから、流石《さすが》だね。

そんなアイヴィンが途端、妙におろおろした様子で告げてきた。

「あ、でもひょいひょい魔法を使ってくれてるけど一応様子見ながらにしてもらいたいな？　耐久性とかの問題もあるし。そりゃあ俺も一緒だから、なにかあれば多少の修理はできるだろうけど……スペアとかないからね？」

「普通の人間だって、スペアがないのが普通でしょ？」

「それはそうなんだけどね」

そう――人生も身体も、誰もが生まれ持った一個だけ。

なのにわざわざ心配してくるアイヴィンも優しいというか毒されているというか。

私も魔力を集中して、彼が編んでいる魔導陣に私の魔力を流していく。

特に問題はなさそうだ。この人形の身体にも支障はない。

時間転移が始まろうという直前だった。

「ねぇ、ノーラ」

「ん？」

アイヴィンが私の頬にキスをした。

「愛してる」

そして、私が返事をするよりも早く。

私たちを一八歳の春へと跳ばす奇跡が発動する。


「それじゃあ、とりあえず俺は所長に連絡とって、きみの編入手続きをしてくるよ。本当は俺からの手紙をもたせるつもりだったんだけど……まぁ、俺が直接ぜんぶ話してきたほうが早いしね」

いや、アイヴィンさん。

私のほっぺにキスした意図とお返事はいらないので？

転移先は王都フラジール城下町の外れだった。

時間的には春の新学期は始まったばかりだという。

ちょうど私とシシリーが出会ったときぐらい。

そこでアイヴィンは私に宿の場所の説明と宿賃を渡して、「それじゃあ夜には合流するから」と颯爽と消えてしまう。いやぁ、人のこと言えた筋じゃないのは承知しているけど、勝手だね？

だけど、シシリーの身体でほぼ一年過ごしていたとはいえ、戸籍も何もない人形になった私が、新しい生活基盤を整えるのは至難の業である。

「しょーがないなぁ」

私はアイヴィンから聞いた宿を探して歩き出す。

どうやら裏路地にある宿のようである。でも宿賃として渡された金額がけっこう多いから、期待していいのかな？　それともお小遣いも含まれているのかな。

「そういやこの身体、飲食は普通にしていいのかな……」

まぁ、学校のハナちゃんの様子を思い出せば、バリバリ運動していたし、食事も普通に食堂で出たものを食べていたね。でも未だ空腹感もないから、一応アイヴィンに確認してからにしとこうかな。

そんなことを考えつつ、私は歌いながら宿を探す。

だって、これから私は『ハナちゃん』になるのだ。

つまり私が無事に学校に編入して早々為すべきことは――新入生披露歓迎会での準主役である。

かつては『呪いの歌』を歌ったとして、オーディションに落選したが……今度こそ、私は華やかな舞台の上で歌唱力を披露するのだ！

と、ようよう発声練習をしながら歩いていたときだ。

「よぉよぉ、お嬢さん。どこかお探しで？」

話しかけてきたのは、俗に言うチンピラのお兄さんたちである。

あれかな、裏路地を呑気に歩くうら若き乙女と遊びたくなったのかな？

今の私はお嬢様っぽいヒラヒラのワンピースを着ている。おそらく、身体の節がわからないように露出を控えた結果だろうね。あとアイヴィンの趣味とか私への気遣いとか……そんなのが合算してできた、黒髪のお淑やかで可憐な歌声の『お嬢さん』なのだろう。

……まぁ、いいカモになるのかな？

だけど、それはお互い様である。

私もまだまだこの身体の調整が足りないなぁって思っていたんだよね。

なので、私は鼻歌を歌いながら。

いやらしい目で私を見てくるチンピラたちを、軽くのしてあげたのだった。


――と、ここまでは美談だったと思うのだけど。

「なんで俺が半日目を離しただけで、『古代の呪曲を歌う殺人鬼』の噂が流れているの⁉」

「およ？」

アイヴィンが宿に来て早々、私はなぜかお説教をされていた。

まぁ、噂自体はね、ちょっと調子に乗りすぎて、歌の盛り上がりに合わせて魔力も盛り上がっちゃったところがあるんだけど……なんかこんな噂に聞き覚えがあるぞ？

考えること数秒、合点のいった私は両手を打った。

「オーディションのときの私の落選理由だ！」

言われてみれば、当たり前の話である。

ここは、私がシシリーとして生きた時間のやり直しだ。

つまり、これから一年間の間で起きる事件を、私はすべて知っているのである。

「だからといって、まさか自分が悔しい思いをした元凶が自分のやらかしだとは思わなかったなー」

「自業自得だったね」

アイヴィンは呆れて肩を落としているけれど、私はもしもを妄想してみる。

だって私がチンピラたちをぶっ倒しまくらなければ、こんな噂は流れないわけで。

つまりあの演劇部のオーディションでも、私が主役の座を射止めてしまう歴史になってしまうかもしれなかったわけですよ！

そんなありえたかもしれない歴史に私が目をキラキラさせていると、私の腰かけているのと同じベッドに座ったアイヴィンが「はあ～」とため息を吐いてきた。

「学校の中ではより注意してね。派手な行動はしないこと。ましてや、この時代の俺らには極力接触しないように。俺がいないからって、好き放題しないでね」

その注意事項に「はーい」と気のない返事をしようとして、ふと気が付く。

「アイヴィンは入学しないの!?」

「当たり前でしょ。だってこの時代の俺、普通に学校にいるだろう」

たしかに、私は姿が『ハナちゃん』になったため問題ないけれど……アイヴィンはアイヴィンとして、この時間に二人いることになっているのだ。

まったく同じ姿の次代の賢者が二人いるとか、それこそ大問題に発展する事案だけど……でも変装するとか、色々手はあると思うんだよね！

だけどそれを提案するよりも早く、アイヴィンは私の髪を梳きながら苦笑した。

「別に俺、学生時代に何の未練もないから。十分に楽しかったよ。どっかの枯草令嬢が毎日騒がしかったからね。若返ったとはいえ、毎日アイスで腹を冷やす無茶もしんどいしさ」

「アイヴィン、アイス嫌いだったの……？」

「根本的に辛党だしね。でも、あーいうのって誰かと一緒に食べたほうが美味しいものだろう？」

「あ……」

知らなかった……。

いつも私がアイスを奢ってもらうとき、アイヴィンも隣で食べていたから。

そうか、私、無自覚で無理させていたんだ……。

視線を落とした私に対して、アイヴィンは平然と言葉を続ける。

「きみが学生を楽しんでいる間にのんびり一人旅でもしてくるよ。憧れてたんだよね、そういうの」

「え、あ……ごめんね？」

今回も、私が無理やりアイヴィンを若返らせて、過去まで連れてきてしまったのだ。

そんな諸々を込めてなんとか謝罪の言葉を口にしたときだった。

いきなりアイヴィンが腹を抱えて笑いだす。

「あーあ、おっかし……俺が本当に嫌がってたわけないだろう」

「わ、私のことからかったの⁉　アイヴィンのくせに⁉」

私が思いっきり顔を近付けて文句を言えば、彼はそんな私の頬を撫でてくる。

「俺だって中身はもう八〇歳の爺さんなんでね。それなりに知恵と人生経験は積んできたつもりだ」

「そのうちの七割くらいは、研究しかしてないくせに！」

「それはきみだって同じなんだろう？」

なにそれ!?　なんで私がアイヴィンなんかの手のひらで遊ばれなきゃならないのかな!?

だけど彼の言うことは正論だから、私はぐうの音《ね》も出せなくて。

そしてくつくつ笑いながらアイヴィンが出してくるのは、馴染みのある眼鏡だった。

あー、ハナちゃんがいつも掛けていたアレね。彼の説明によれば、やっぱりこれは認識阻害の魔術がかけられているらしい。王立魔導研究所の所長室にも置いてあったよね。

人形の身体を手に入れたとはいえ、アイヴィンはとても丁寧に若かりし頃の『ノーラ＝ノーズ』の顔を再現してくれたからね。この時代の『シシリー《私》』に正体がバレたら、それこそ歴史が変わりかねないからと、そのための対策らしい。

いや……うん、そうだね。

もしも『シシリー』としての青春が変わってしまえば、私たちがこうして無事に二度目の青春を送ろう作戦もおじゃんになってしまうかもしれないものね。

あと並べられるのは、学園の制服など。これもやっぱり素肌が出ないようにスカートの丈が長かったり、タイツが用意されていた。はいはい、人形だとバレない対策だね。ほんと用意周到だこと。

そんな話をしょぼくれながら聞いていると、アイヴィンは優しい手つきで私の頭を撫でてくる。

「ま、一人旅に憧れていたのは本当だから。きみは俺に気兼ねなく青春を楽しんできてよ。卒業式前には俺も戻るから……そこからは俺も騒がしい日々になるんだろうしね？」

「それは私のせいだと言いたいのかな？」

私が顔を上げたときには、もう彼が浮かび上がっていた。

今すぐ出立する気のようだ。

「本当に行っちゃうんだ?」

「なに、寂しがってくれるの?」

「……ちょっとだけね」

私が小さく微笑めば、どうしてか彼が泣きそうな顔をする。

「あーあ、このままずっときみの前から消えてしまいたくなるな」

「どういうこと?」

「教えてあげなーい」

だけど、それは一瞬だけ。

アイヴィンはすぐさまいつもの人好きする笑顔を作り、「じゃあまたね」と消えてしまった。

まったく……ここまで私が男に振り回される日が来ようとは。

時の流れは恐ろしいね。

苦笑した私は、虚空に向かって呟いた。

「『愛してる』って言ったくせに」


さて、ハナちゃんとしていざ出動である。

もう転入準備は色々済ませて、今日から授業に合流だ。

なるべく肌が出ないような制服に身を包み、長い髪の毛も三つ編みにする。魔力による色の変化を少しでも隠すためだ。もちろん、極力魔法を使わないように気を付けないとね。

そして、私は最後に分厚い眼鏡をかける。そこに映るのは、正真正銘の『ハナちゃん』だ。

「ほんとにこれでバレないのかな……」

実際、過去の私が一切気が付いていないのだから、効力はお墨付きなわけだけど。

それでも一縷の不安を残して、いざ教室。

眼鏡の奥から教室を見渡せば……はい、ちゃんといます。

シシリーも、アニータも、アイヴィンも。

本当に不思議な感覚だね。彼らにバレずに、私はこの一年同じ教室で青春をやり直すのだ。

「……ハナ＝フィールドです。よろしくお願いします」

否応がなく、自己紹介の挨拶も小さくなってしまう。

眼鏡があるとはいえ、声でバレないとは限らないしね。

ちなみに、『ハナ＝フィールド』という名前は私が自分で付けた。

というか、よくよく考えたら八〇〇年前には存在していた他国語のアナグラム……とも言えない言葉遊びだったのだ。ノーズ↓鼻《ノーズ》↓ハナ、とかね。我ながらもっと凝ったネーミングにしようよと思いつつも、たしかにここまで安直すぎると、あんがい気が付かないというもの。

実際、まったく気付いていない過去の私がお昼休みに話しかけてくるんだもの。

「ねぇ、ハナちゃん。私とお友達になってくれない？」

「結構です」

「そんなこと言わないでさ。私も今おしゃれを勉強しているの。一緒にどうかなって思って」

「興味ありません」

「それじゃあ、せめてお昼ご飯でも一緒にどうかな？　あなたのこと知りた――」

「私は知ってもらいたくありません。二度と話しかけないでください」

もちろん過去の自分と友達になるとか意味がわからないので、そっけなくお帰りいただくのだが。

いやぁ、自分と話すっていうのも、変な感じだね。

落ち込んで帰っていく『かつての私』を見て、少しは心が痛む……こともなく、私は周りにバレないように小さく口角をあげる。

いやー、これ、けっこう楽しいぞ？

別に傷ついているのは自分なら、誰に迷惑かけているわけでもないものね。

これからひっそりと過ごす青春が楽しみでしょうがない。


とはいえ、自分と遊んでばかりいる暇はない。

なんせすぐに大イベントがあるのだから！

さっそく放課後に、演劇部の新入生披露歓迎会のオーディションに向かう。

結果として、見事準主役の座を射止めるとわかっているとはいえね……なかなか緊張するものだ。

「ハナちゃん、一緒に頑張ろうね！」

廊下で列に並んでいるときに『かつての私』が肩を叩いてきても、当然スルー。

だけど……このあと『かつての私』はオーディションで『呪いの歌』を歌ったとして大勢に逃げられた挙げ句に、辱《はずかし》めのような調査も受けることになるわけで。

しかもその原因が、『今の私』が調子に乗ってチンピラを討伐しすぎたせいとか（断じて殺してはいない）……と思えば、少しは同情心も出てくるというもの。

「頑張らないほうがいいと思いますよ」

めちゃくちゃ眉をひそめながらそう助言すれば、『かつての私』は「ありがとう！」と嬉しそうに列の後ろへと並び始める。まぁ、この助言が無駄になることも知っているんだけどさ。

そしてオーディションで再会するのは、婚約者大好きな部長さんだ。

「転校生か……うちの部活に興味をもってもらえてうれしいな。だけど審査に忖度《そんたく》はしないから、そのつもりで」

と、こんな野暮《やぼ》ったくて怪しい転校生に対して、あっさり優しさと厳しさをもって接してくれるのだから……改めてイイ男だなーと思いつつ。

私は練習通り、肩の力を抜いて軽く歌う。


そんなこんなで一週間くらい経って。

「ハナさんは今日も演劇部の練習？」

「精が出ますわね。当日はぜひ応援に行きますわ」

オーディションに受かった話が出回るのも早く、それをきっかけにクラスの女生徒のほうから話しかけてきてくれている。

……私はただ、控えめに大人しく授業を受けているだけなんだけどね？

「あの……どうして私に優しくしてくれるの？」

素朴な疑問を口にしてみれば……彼女たちは顔を見合わせて苦笑した。

「最初は訳ありの方とお近付きになっても……と思っておりましたの」

「ですがこの一週間、ハナさんが真面目で健気《けなげ》な方だということはわかりましたし……なんだか、その質問も謙虚でかわいらしく思ってしまいますわ」

いやぁ、私はただ、正体がバレないようにひっそりこっそり生活しているだけなんだけどね？

どこか腑に落ちないながらも、単純に応援してくれるというのはありがたい。

そうか……お友達って無理に『友達になろう！』て言わなくてもできるものなんだな。

そういやアニータともそんな感じだったっけ？

アニータは、今日も教室中に響き渡る声でひっついている『かつての私』に対して「暑苦しいから早く離れなさい！」と叫んでいる。

そんなアニータに、今からアイヴィンが一緒に劇を観に行こうと誘うところかな。『かつての私』もその他大勢として舞台に立てることが決まって、とても浮かれていた時期だ。

そんな光景に二人のクラスメイトは困り顔だった。

「あのように騒がしいのは……ねえ？」

「前向きになったのはいいことですけど……かえって近寄り難いですわよね」

そっか……二人の意見も、きっと的を射ているのだろうけど。

だからこそ、より想いが募ってしまう。

アニータって、本当にいい子だったんだな……。

「ハナさん？」

思わず『かつての私』が教室も出たあともプンスカ心配しているアニータを遠くで見つめていると、今の私の友達が心配げに声をかけてくれる。

「ううん、私も本番で二人を楽しませられるように頑張るね」

今の友達も、大切には違いないからね。

私が声を抑えながら微笑めば、二人も嬉しそうに笑ってくれる。

さて、私も『かつての私』に負けないように気合を入れないとね！

……というやる気を表に出しすぎないように、私がいそいそ部室へ向かっていたときだった。

「ねぇ、ちょっと話せるかな？」

軽薄に、だけど誰にも気付かれないようにこっそり話しかけてくる人物がいた。

正真正銘一八歳のアイヴィン＝ダールである。

彼に連れて来られた先は、階段の裏。適度に暗くて、人目も避けられる場所。つまり見方によっては、女の子に告白する絶好スポットだったりする？

案の定、アイヴィンが私の顔の隣の壁に手をついてくるしね。

「俺さ、きみに興味があるんだよね」

「私には……ありません」

これが一緒に回帰してきたアイヴィン相手ならもうちょっと柔和な対応してあげるところだけど。

もちろん、今私に詰め寄っているアイヴィンは、純正一八歳のアイヴィンである。

つまりあれだ。私が王子だったマーク君を狙った暗殺者じゃないかとか疑っての行動なんだろうな。

「へぇ、俺けっこう見た目には自信あるんだけどな。ちょっと残念かも」

そう言いながらアイヴィンさん。より顔の距離を詰めてくるのは勘弁してください。

私は全力で視線を逸らすけど、めちゃくちゃ至近距離で見てきますね。特に眼鏡に興味が津々ですか。見る目ありますね、これあなたの義父が作った最新作ですよ。

……というところで、私は思い至る。これ、誤魔化すのに限界があるのでは？

だって王立魔導研究所の最新作をかけているわけだし。ちょっと服とか捲られたら、彼が復元したはずの実験サンプル本体なのだし。その前に魔法をぶっ放して逃げるのは……大事になっちゃうし。

なにより私はとっとと部活に行きたい。

「だったらまぁ、先手必勝か」

「え？」

考えを口に出したら、口調の変化もあってか彼が目を丸くした。

そのあどけなさが年相応でかわいいね。

ご褒美に、顎の下でも撫でてあげましょう。

「私は未来のあなたが作った人形だよ。中には『稀代の悪女』が入っているの」

「は？　何の冗談を……」

あー、この頃のアイヴィンは、まだシシリーの中身が『稀代の悪女』ノーラ＝ノーズだってことも知らないんだっけ？　そこから全部話していると、ちょっと時間がかかりすぎちゃうかも。

だったら私の練習時間のために、インパクト勝負である。

「それじゃあ、説明を割愛するかわりに未来の予言でもしてあげるよ。そうだなぁ……あなたのお母さんの実験、この夏に失敗するよ？」

私の言葉に、アイヴィンは目を見開いたまま声すら漏らさなかった。

ただ、表情を失くしたその瞳からひとしずくの涙を零す。

あれ……これ、言ったらいけないことを言っちゃった……？

私としては、ちょっとやそっとの人じゃ知らなくて、アイヴィンにとって印象深そうな出来事を話してみたつもりなのだけど……。

心の中のアニータが『あなたには人を気遣う気持ちがないんですの!?』と怒っている気がする。

うん、怒られて当然のことをしでかした気がする。

「そんなの、信じられるはずがないだろう！」

この去り際のセリフ、すごく印象に残っているよ。

これ、アイヴィン失恋事件のやつだ。

つまりあれだ。あのときアイヴィンを泣かした原因も、やっぱり私だったわけだ。

さすがに心の中で反省していると、『かつての私』が驚き半分わくわく半分の眼差しでこちらを見ていた。我ながら性格悪いな？

だから、念のために口止めをしておく。

「このことは他言無用で」

「言われなくても言いふらしたりしないけどさ」

だけど私は知っている。

『かつての私』はこんな殊勝なことを言いつつも、授業中に先生に対して『失恋した友達を励ますにはどうしたらいい？』とか聞いてのけちゃうのだ。

……うん、まぁ、アイヴィン、どんまい。

諦めて立ち去ろうとする私に対して、そんな『かつての私』が聞いてくる。

「ハナちゃんとアイヴィンって、どういう関係？」

その疑問に答えるのは、ただの遊び心だった。

「悪女とその最大の被害者、かな」

だって自分はアイヴィン＝ダールの人生を大きく狂わせた大罪人だからね。

今頃、私のアイヴィンはどこを一人で旅しているのだろうか。

私はその場を去ったあとで、初めて自由を満喫しているだろう彼に向かって性格が悪いことを呟く。

「なかなか楽しいよ、二度目の青春も」

ただちょっとだけ……この過去の自分らが振り回されている光景をニヤニヤ眺めるという、意地の悪い楽しさを共有できないことだけが寂しいかな。

ほんのちょっとだけ、ね。


面倒なことは全部『かつての私』に任せて、私はのんびり学生生活だけを満喫する。

そんな意地の悪い生活に慣れてからは、私はあのときできなかったことをたくさんした。

テニスも陰でいっぱい練習したんだよ。その甲斐もあって、体育祭ではアニータと優勝することができた。嬉しかったなぁ。まぁ、肝心のアニータは閉会式が終わる早々に「シシリーはどこに行きましたの!?」と喜びもそこそこに捜しに行っちゃったんだけどね。敢えて見当違いの目撃情報を渡して、アニータが修羅場を目撃しないように合流タイミングを調整したのは私だ。

試験はもちろん本気を出せば満点をとれる自信があったのだけど、そこそこに留《とど》めておいた。下手に目立って、また純正のアイヴィンに詰め寄られても困るからね。

そして夏休みは……彼を見習って一人で旅をしてみることにしたの。本当は合流しようかなとも思ったんだけどね。なんかそれをすると、まるで私がアイヴィンに会いたがっているようじゃない？

そこを詰められたら上手く返す自信がなかったから、やめておいた。

だけど代わりに、面白い出会いがあったよ。

「迷子かな？」

それは、一回目の夏休みでは叶わなかったアニータの実家へ遊びに行こうとしたとき。

道中の田舎道の真ん中で、私が声をかけたのは小さいな子供ではない。

いかにも世間知らずといった感じの美しい金髪の貴婦人が、ひとりで日傘をさしてきょろきょろ歩いていたのだ。

「あの、その……」

自分の娘と同じくらいの私に対して、彼女はおずおずと気まずそうに視線を逸らす。

まったくもー。世話がやけるなぁ。

だけど、彼女の娘に世話になったのは私のほうだからね。私は大好きな大好きな女の子のために、「こっちだよ」と手を引こうとしたときだった。

「いたっ……」

小さな悲鳴に、私は足を止める。

婦人の視線につられて下を見れば、旅には不釣り合いのハイヒールがあった。靴擦れか。

「ほんと世話がやけるママだなー」

仕方なしに、私は魔法で靴擦れを治癒してあげる。ママ自身も自分で治療はできるのかもしれないけどね。それでも残念ながら、薬よりも魔法のほうが早いのは事実である。

私が「これで大丈夫でしょ？」と確認しようとしたとき、ママは目を丸くして私を見ていた。

「あなたは……シシリーのお友達？」

「ん？」

若い私が、完璧に治癒を行ったことに驚くならまだしも……。

え、なんでここでシシリーの名前が出てくるのかな?

私は今夏休みということで一般的な年相応のワンピースを着ている。夏だというのに袖や丈が長いのは不自然かもしれないけど、シシリーらと同じ魔術学園の生徒ということは一見わからないはず。

私がぱちくりしていると、ママはまたおずおずと視線を逸らし始めた。

「あの、違ったらごめんなさい……その、こないだひさしぶりに娘に会ったらね、口調が、少し変わっていたから……それが、あなたに似ていて……影響を受けたのかしらって……」

そういえば、ママの前で私がパパのお膝に座ったこともあったし、シシリー自体も私の真似して喋っていたりしてたっけか……。

もちろん、私の今の姿は『ハナちゃん』で。

『ハナちゃん』自体は、シシリーのお友達でもなんでもないのだけど。

それでも、私はシシリーママに対してにっこり微笑んだ。

すると、彼女が初めて笑顔を見せる。

「ありがとう。あなたみたいなステキな友達ができて、シシリーも幸せね」

果たして、私は『ステキな友達』だったのだろうか。

だって私はシシリーの弱みに付け込んで身体を乗っ取った悪女である。

彼女のためにしたこと……背中を押すようなことはしていたかもしれないけれど、結局彼女の環境を変えたのは彼女自身だ。私はシシリーの身体を使って好き勝手しただけにすぎないだろう。

現に、二学期になってからは本当に何もしていないのだ。

花火の研究でマーク君と仲良くなったのもシシリー自身だし、不甲斐ない彼を引っ叩いたのもシシリー自身である。就業訓練《インターン》もまた色々騒がしかったけれど、それは私の問題にシシリーを付き合わせてしまっただけ。

そんなことを考えながらも、『ハナちゃん』としての青春はとても平和に過ぎていって。

就業訓練《インターン》では、実は王立魔導研究所にお邪魔していた。個人的に、所長さんにこっそり連絡とってね。アニータらのような研究者志望ではなく、事務研究生として、所長さんのお手伝いをしていたのだ。下手によそに行って人形の身体がバレたら面倒だからね。結局事務作業は性に合わず、結果は散々だったのだけど。

文化祭では、演劇部の舞台でとうとう主役に抜擢されてしまった。

まさに憧れていたやつである。それを仲良くなったクラスの二人に話したところ、めちゃくちゃ喜んでくれて、『衣装はわたしたちが提供しますわ!』なんて言い出してしまう始末。あくまで生徒の学校行事なので謹んでお断りさせてもらったけどさ。気持ちはすごく嬉しかった。

何の問題もなく本番も終わって、いつもの二人からは持てないくらい大きな花束をもらった。観客席のクラスメイトたちもスタンディングオベーションを送ってくれている。

そんな舞台の隅っこでは『かつての私』がアニータとアイヴィンからもらった花束にこれでもかと大はしゃぎしているけれど。

そして残る文化祭の日程も平和にのんびり過ごして、あとは後夜祭の花火だというとき。

「ごめんね、先約があるの」

友達に適当に断れば、二人はきゃあきゃあと色めきだす。

別に、本当は先約も何もないんだけど。ただ、前回のこの花火では色々あったから。

ちゃんとクラブみんなの成果を、ひとりでしっかり見届けようかなって思っただけなのだ。

さぁ、どこで見ようか。人気のない場所がいいな。今ならアイヴィンの研究室が空いているのかも。

だって花火のときに、アイヴィンは時計塔にいるのだから。

「あれ、そういやあのとき、ハナちゃんは——」

「だーれだ？」

手で視界を隠されるまで、背後に気配はなく。

目を覆う手を無理やり剥がして見上げれば、そこには一八歳とは思えない大人の色気を放つ美青年がとても嬉しそうに私を見下ろしていた。

「アイヴィン!?」

彼は制服を着ているとはいえ、あからさまに雰囲気が余裕然として。

この時代にいないはずのアイヴィンが、にっこりと私の名前を呼ぶ。

「ただいま、ノーラ」

「卒業式前に戻るんじゃないかったの？」

「早めに戻ってきちゃった。そういや、俺がいないときみが大切な青春の思い出を作れないんじゃないかと思ってさ」

「けっこう普通に満喫してたよ？」

本当に、アイヴィンがいなくて困ることは何もなかった。

友達だってちゃんとたくさんできたし、身体が人形だとバレるようなことも、壊れるような危ないこともなかった。とても平和で充実した青春を過ごしてきたつもりである。

だけど、アイヴィンは意地悪く口角をあげるだけだった。

「ふーん、俺以外の男と恋愛してたんだ？」

「あ……」

たしかに青春といえば『学業』『友情』『恋愛』というイメージだし、シシリーの身体を借りるときも、私はそれを含めて環境を整えると約束したけれど。

私が視線を逸らすと、くつくつと笑ったアイヴィンが私の腰に手を回してくる。

「では参りましょうか。俺の女王様《マイ・クイーン》」

「ど、どこへ？」

「この学園で一番ロマンチックな場所に決まってるだろう？」

私が素《す》っ頓狂《とんきょう》な声をあげると同時に、私の身体が彼の魔術によって浮かび上がる。

こんなところ、誰かに見られたら!?

だけどその心配は杞憂だった。大きな音を響かせて、夜空に大輪の花が咲きだしたから。

生徒らの歓声から、彼らの視線がその大きな光の花に注がれていることが窺える。きっとアイヴィンはそこまで計算した上で、このタイミングに現れたのだろう。相変わらず頭のいい男である。

そして、連れて来られた先は時計塔のてっぺんだった。

「あれ、この場所って……」

「ノーラ」

アイヴィンが今までにないくらい甘い声で私を呼ぶ。

彼の声がとてもくすぐったい。だから顔を背けたいのに、彼の手がそれを許してくれなかった。

「俺の恋人になって?」

重たいメガネまで外されてしまい、私とアイヴィンを遮ってくれるものは何もない。

……何度されたって、こんなの慣れやしない。

彼の唇の温度がわからなかった。柔らかい感触がただただ恥ずかしい。

「最低……」

聞き慣れた声がすると同時に、アイヴィンが爆速で私にメガネを掛け直させる。

そして少女の声に、唇を離した私たちが同時に顔を向ければ。

エメラルド色の大きな瞳に、これでもかと涙を溜めたシシリーがアイヴィンの頬を叩く。

「わたし、あなたならって信じていたのに!」

シシリーがすぐさま屋根を駆け下りていく。「トラバスタ嬢!」とすぐにあとを追ったマーク君も、アイヴィンに軽蔑の眼差しを残して。

頬を腫らしたアイヴィンが手を打った。

「あのときみんなに嫌われたのって、こういうことか」

「自業自得だったね」

「本当にね」

私が苦笑すると、彼も心底楽しそうに笑う。

別にシシリーに殴られたことは、彼にとってどうってことないらしい。

アイヴィンは懐かしむように花火を見上げていた。

「俺、もうこの頃からどうやってノーラを助けようかって、それだけで頭がいっぱいだったから当時はあまり気にしてなかったけど……懐かしいな。そういえば最後のあたり、めちゃくちゃシシリーちゃんに嫌われてたね」

私は一年前くらいの感覚だけど、アイヴィンからしたら何十年も昔の話である。

若気の至りくらいの軽い口ぶりの彼に、私も当時抱いた覚えのある質問を投げてみることにした。

「そういや、いつからシシリーのことを『シシリーちゃん』って呼ぶようになったの？」

「いつからだろうなー。きみが消えて、入職試験の直後に会ったのが最後だったんだけど……やっぱり一人で研究だけしていると、この頃の思い出だけが心の支えだったから。昔を懐かしむ間にいつの間にか……になるのかな」

いやぁ、こちとら……というか、主にシシリーは当時のアイヴィンとこのアイヴィンの間で、めちゃくちゃ振り回されて可哀想なことになっていた気がするんだけど……。

これは本当、全部暴露するときに土下座じゃすまないんじゃなかろうか。

　というか、あまり考えないようにしていたけれど……私はこのあとで、『ハナちゃん』の正体が『ノーラ』であると明かしていいのだろうか。それとも『ノーラ』は過去の人として、シシリーとは交わらない人生を歩んだほうがいいのだろうか。

　そんなことを考えながら、彼女の青春の証を見上げていたときだった。

　アイヴィンが再び私のメガネを外してくる。

「それで、返事は？」

「なんの？」

「俺の恋人になってほしいという返事」

……あぁ、その話、まだ続いていたの？

　私も不満が顔に出ていたのだろう。アイヴィンは「逃がさないよ」と言わんばかりに、私の両頬をホールドしてくる。だから、私は彼から目を逸らせなかった。

「……私、もう人間ですらないけど？」

「俺が作ったんだ。そんなこと気にすると思う？」

「いや、気にしようよ」

　だけど、アイヴィンは私の軽口なんかに誤魔化されてくれない。

　もう年貢の納め時なのだろう。私がため息を吐くと、彼が私の耳元で囁いてくる。

「それで、返事は？　俺のこと好き？」

「…………他の女とキスされたら、泣いちゃうくらいには？」

「十分だ」

そして、私はもう一度アイヴィンにキスをされる。

あぁ、花火もクライマックスなのだろう。

生徒たちの歓声と何発も打ち上がる音があまりにうるさいから、唇が離れたと同時にまたつま先を伸ばして、私からも食らいつくようなキスをしてやった。

何事もやられっぱなしは性に合わないからね。

エピローグ

いよいよ卒業式の日となった。

あれから、私はシシリーと会えていない。なんなら、これからどうするのかも決められていない。

「驚きだね。ノーラでも優柔不断になることがあるんだ？」

「八〇〇年生きてきて、一番の難問だと思うよ？」

だって、私の身体はもう人形で。

それに、シシリーには何も言わずに消えてしまったのだ。それなのに、実はこの『ハナちゃん』として同じ青春を過ごしていました。だからこれからも仲良くしてね♡　……なんて、虫がよすぎる話ではなかろうか。

舞台の上では、長々とありがたい校長先生のお話が続いている。

本来なら国王陛下もゲストに招いてお言葉を頂戴するらしい。だけど肝心の国王陛下がちょっと病を拗らせているらしく、最近寝室に閉じこもりがちになっているのだという。

せっかく回帰したんだし、そのうちお見舞いに行ってあげようかな？　と思わないでもないけど……まぁ、そんなの余裕が生まれたらの話。正直、今の私は人生で一番心の余裕がない。

隣でソワソワ座っている私に対して、アイヴィンがこっそり耳打ちしてくる。

「怖いんでしょ？」

「なにが？」

「シシリーちゃんに嫌われるのが」

ちなみにアイヴィンはあれから何も問題なく学園で生活を送っている。

この時代のアイヴィンは王立魔導研究所の入職試験の直後から、山奥に引きこもっちゃったからね。

完全に本人であることもあって、何も問題なく『一八歳の次代の賢者アイヴィン＝ダール』に成り代わっている。

そんなズルい男から、私は視線を逸らした。

「な、何言っているかな。私は『稀代の悪女』だよ？」

「動じている時点で認めているようなものだよね～」

ちくしょーめ。本当に最近、アイヴィンの目を見れなくなることが多くなってきた。

だけど、彼はそんな私を楽しんでいるらしく、ニヤニヤと私を見つめているから。

会場の暗い照明の助けもあって、私は彼を見上げるのだ。

「……悪い？」

「全然。友達のことで悩むなんて、まさに青春じゃないか」

「他人事だと思って……」

そのとき、長かった校長先生の話がようやく終わる。

それでもお偉い人の話はまだまだ続き、祝電などの諸々を聞き流しながら、私はポツリと呟いた。

「もう、シシリーは私がいなくても大丈夫だからね……」

実際、シシリーにとって私はもう要らない存在だ。

私なんかがそばに居なくても、シシリーは強い。

だって――代々卒業試験の首席が行うという卒業生代表の言葉で、選出される成績を修めてみせたのだから。

もちろん壇上に上がったシシリーに対して、周りの生徒の反応は様々である。

素直に驚く者。尊敬のまなざしを送る者。ズルをしたのではないかと訝《いぶか》しむ者。

その様々な視線を一身に浴びたシシリーは、短くなった髪の毛を耳にかけてから、答辞の紙を演台に置く。どうやらすべて暗記してきたらしい。

彼女の記憶力は知っているから、何も心配ないのだけど……。

深呼吸をしたあとのシシリーの発言に、私は思わず椅子からずり落ちそうになった。

「この一年間、わたしは『稀代の悪女』ノーラ＝ノーズに身体を乗っ取られていました」

なな、いきなり何を言っているのかなシシリーちゃん⁉

それはダメだ。絶対に言ったらいけないことだと、私は無理やりシシリーを壇上から下ろすべく立ち上がろうとしたときだった。

アイヴィンが私の腕を引いてくる。

「もう私はいらないんでしょ？」

「それは……」

私の独り言を聞き流してくれる彼でないことはわかっていたけれど。

アイヴィンの手を振り払おうとするも、男性の握力に勝てるだけの力がこの人形の身体にはない。

ここまで親切設計しなくていいのにと妬む暇もなく、シシリーの演説は続いてしまう。

「彼女はわたしが身体を譲る代わりに、とある約束をしてきました。わたしに友達をくれると、恋人をくれると、優しい家族をくれると、最高の進路をくれると」

あぁ、もう……ひどく懐かしい話だね。

私の体感でも、たった二年の前の話だ。

それなのに……あの真っ暗なシシリーの心の中で、指切りをしたときが遠い昔のようだ。

「約束どおり、彼女はそのほとんどをわたしに残して、消えていきました――だけど、全部じゃありません。いちばん、わたしが欲しいものはくれませんでした……嘘つき……『稀代の悪女』は、やっぱり嘘つきの悪い女だったんです」

むっ、失敬な。私はやることは全部やってから消えたつもりなんだけど。

だって進路は違うとはいえ、困ったことがあればきっとアニータが手を貸してくれるでしょ。

マーク君とも両想いと言っても過言ではないのだから、なんならこの国一番の羨望を集める王妃様だって夢じゃないはず。

家族なら両親が離婚したとしても、ネリアお姉ちゃんともそう悪くない仲になれたはずだ。進路だって、王立魔導研究所から入職案内が届いたことはちゃんと私の耳にも入っている。

これ以上、何を望むかな。私はちゃんとやりきったぞ！

それなのに、シシリーは目にいっぱいの涙を溜めながら叫ぶのだ。

「わたしの一番大切なともだちはノーラに決まってるじゃん！　それなのに……一番肝心のノーラがいなくなるとか……そんなのあんまりだよぉ！」

え、私……？

思わずポカンと私が壇上のシシリーを指させば、アイヴィンが「まぁそうだよね」と笑っている。

こいつ、ハナからわかっていて私に言わなかったな⁉

一方で、シシリーの答辞とは言えない個人的な訴えは佳境を迎える。

彼女は、私と指切りした小指を前に掲げていた。

「こんなこと叫んでも、もう彼女には届かないかもしれない。もう、わたしたちの約束はあなたの契約違反で終わっているのかもしれない。それでも、わたしは諦めていないから。いつか必ず再会してみせるって決めているから……だから、この場を借りて、言わせてください」

彼女の呼吸音が遠くまで聞こえてくる。

そして叫ばれる言葉は、とんでもなくシンプルだった。

「ノーラのばあああああああかっっ！」

あぁ、もう。ほんとに……。

この大賢者ノーラ＝ノーズをこんな激しく『ばか』と罵ってくれたのは、彼女が初めてだ。

「絶対にノーラ＝ノーズを超える悪女になって、勝手に消えたこと謝らせてみせるんだから――」

「言ってくれるじゃない！」

だから、もう我慢ができなかった。

立ち上がった私は髪をほどいて、大きく掻きあげる。

魔力を行き渡らせて菫色に輝く髪に、会場中の視線が集まっていた。

それもそうだよね。だって私は大人しくて控えめな転校生ハナ＝フィールド。時には演劇部の主役をやりきるような度胸も見せるけど、基本的には無害で大人しい生徒だったはず。

……だけど、もう知るか。

私は重たい眼鏡を投げ捨てた。

でも、内心ちょっとだけ心配だった。

ちゃんと、私だと気が付いてもらえるかな……。

だけど、彼女の嬉しそうな笑顔が私の杞憂を吹き飛ばす。

「ノーラっ！」

そして、シシリーが舞台の上から飛び降りて。まっすぐに私の胸へと飛び込んでくる。

彼女のぬくもりと涙のあたたかさが、とても心地よくて。

倒れ込みながらも、私は初めて、だいすきな彼女を抱きしめる。

そんな私たちを見下ろしながら、アイヴィンが苦笑した。

「あーあ、卒業式を台無しにするとか……本当にわるいこたちだね」

その言葉に、顔を見合わせて。

口角をあげた私たちの声が自然と揃う。

『私《わたし》たちを誰だと思っているのかな？』

稀代の悪女・ノーラ＝ノーズ。そしてシシリー＝トラバスタ。
八〇〇年のときを経て、奇跡的に出会った私たちの青春は、まだまだこれから――

《了》

あとがき

このたびは『ど底辺令嬢に憑依した800年前の悪女はひっそり青春を楽しんでいる』2巻をお手に取っていただき、誠にありがとうございました。著者のゆいレギナです。

本作2巻、いかがでしたでしょうか？

1巻でも好きなものをこれでもかと詰め込んだ作品でしたが、2巻ではさらに好きな展開をこれでもかと詰め込んでしまいました。1回目の時計塔のシーンなんかテンション爆上がりで書いてました。今までの作品も読んでくれている方からしたら「でしょうね」となるかと思います。

あと、作中劇ですね。いつも作中劇や作中作が必要になると、同じネタを持ってきてしまいます。デビュー作の「100日後に死ぬ悪役令嬢は毎日がとても楽しい。（GAノベル）」ですね。本作1巻とそちらのコミック1巻が同時期発売だったのですが、なんと2巻も同時期発売になる予定だそうです。やっほい、仲良しですわ。

だからというわけでもないのですが、実は本作「800年悪女」を書きだす前の目標が、『100あく』を超える！」でした。期限付きの最強女主人公という点で、同じテーマだったんです。

課題は「圧倒的ハッピーエンド」「主人公を殺さない」。そのため正直、身の丈に合わない構成なのは百も承知で挑みました。どう……でしたか？　ちゃんと「圧倒的ハッピーエンド」にできましたか？

そして面白いのが……こんなあとがき書いておきながら、別に本作が出版社さんから「2巻で完結だよ」と言われているわけじゃないことですね。続巻は売り上げ次第というやつです。

もしも3巻が出たら、中身800歳超えの人形ヒロインと中身80歳近くのヒーローが爆誕します!! 熱いですね？　新社会人編が気になるなぁと思っていただけたなら、まだ未読のお友達に本作を紹介していただけますと嬉しいです。旭タツミ先生による圧倒的美麗な（公式が謳い文句にしていた）コミカライズも始まっておりますので、そちらからでもどうぞ。アイヴィンがイケメンすぎてハァハァしてます。ちょー好きです。

それでは最後に、2巻も素敵なイラストを添えてくださったとよた瑣織先生、編集作業をしてくだったパルプライドの皆様、出版してくださった一二三書房の皆様、また本屋さんに並ぶまでに尽力してくださった皆様、重ねてになりますが、今こちらを読んでくださっている皆様、本当にありがとうございました。

本作があなたの有意義な暇つぶしになれたことを願って。

ゆいレギナ

※それでは最後に、『エピローグ……の、つづき。』をお楽しみください！

エピローグ……の、つづき。

「どういうことですの⁉」

卒業式が終わったあとで、私たちは会場の隅に正座をさせられた。

当然、私たちを見下ろしてくるのは金髪のかわいい令嬢、アニータ＝ヘルゲである。

「シシリーの先ほどのスピーチが真ならば、私がずっとシシリーだと思っていた相手が『稀代の悪女ノーラ＝ノーズ』だったということですの？」

「その、大半の時間のほとんどが……」

具体的に言えば、秋ごろはシシリーに体を任せていた時期もあるからね。全部ではない。

だけど、それは今のアニータからしたら、ただの屁理屈でしかないだろう。

私は余計なことを言わずに、隣で同じくしゅんと正座しているシシリーと一緒に、大人しく怒られることにする。

「そして、ダール卿からの説明で補足するなら、こちらのハナさんが、『稀代の悪女』の蘇った姿であると？」

「まあ……身体は人形なんだけど……」

これも同じで、人形でもキリングドールという物騒な個体だということは内緒である。

……いや、少し違うかな。人間ですらない私なんて、ただ気味が悪いだけの存在かもしれない。

だから自嘲してアニータを見上げてみれば、彼女はとても冷徹な瞳をしていた。

「正直、今のあなたの身体が人間だろうがなかろうが、そんなの些末な問題ですわ」

「そうなの？」

「あたくしが一番確認したいのは……最初にあたくしに化粧を教わりたいと乞うて来たのはどちらなのか、ということです！」

「あ、それは、私……」

私がおずおずと手を挙げれば、アニータが「ふーん」と鼻を鳴らす。

一方、女三人がとても重たい空気で話し合っている様子を遠巻きに見ている男子生徒がいた。

アイヴィンとマーク君である。

「アイヴィン、僕も説明を求める権利があったりするのか？」

「あるとは思うけれど、とりあえず彼女の怒りが収まってからでもいいかな」

だけど、この男子生徒らは決して私たちを助けるつもりはなく、かといって背中を撃ってくることもないらしい。いや、アイヴィンはもうちょっと私の味方をしてよと思うのだけど。こっちに余計なウインクなんて飛ばしていないでさ。

そんな中で、アニータは冷たい眼差しのまま訊いてきた。

「つまり、あたくしの親友は『あなた』ってことで宜しいので？」

「へ？」

……何度でも言うが、今の私は『ハナちゃん』である。

そりゃあ『ハナちゃん』としても、一緒に体育祭のテニスで優勝したり、夏休みにお家にお邪魔したり、文化祭でも少しだけ一緒に回ったりしたけれど……あくまでクラスメイトで『親友』というほどの間柄ではなかったはずである。

それなのに、私が目を丸くしてると、アニータが気まずそうに口を尖らせた。

「なんですの。あたくしたちが育んだ時間は偽りだったと『稀代の悪女』はおっしゃるつもり？」

「……でも、私はずっとアニータを騙していたと言っても、過言ではないんだよ？」

「そうですわ。あたくし、騙されていたことに腹を立てておりましてよ」

そうなのだ。私はずっと『シシリー＝トラバスタ』として、アニータの親友をしていたのだ。

そのことに、当然彼女は腹を立てる権利がある。私を罵《ののし》り、軽蔑する権利がある。

だけど、アニータは今にも泣きそうな顔で、言ってくるのだ。

「だって……あたくしのあずかり知れないところで、あたくしは親友を失うところだったということでしょう？」

「アニータ……」

あぁ、やっぱり私の友人がとても愛い……。

なんでかなぁ。こんな悪い女、勝手に捨て置いてくれればいいのに。

私の目からポロポロと熱い涙が零れだす。人形の身体でも泣けるんだね。ふとアイヴィンに視線を向ければ、彼が得意げな顔で口角をあげていた。はいはい、すごい賢者様ですこと。

そんな人形の涙を、屈んだアニータが「まったくもう」と綺麗なハンカチで拭ってくれる。

「ばかシシリー……いえ、ノーラなんですわよね。でも……ただの伯爵令嬢でしかないあたくしが大いなる偉人に対して、呼び捨てなんて失礼になるのかしら？」

「偉人というか……悪名だと思うのだけど……」

「あぁ、過去にも世界を滅ぼそうとするほどの失恋をしているなんて、なんてお痛わしい……どうしてその時代に、あたくしは存在しなかったの!?」

もしも八〇〇年前にアニータがいたら？

そんな想像をしたことなかった私は、アニータが貸してくれたハンカチで鼻をかんでから訊いた。

「もし居たら、どうするの？」

「そんなの、あなたを泣かせたクソ野郎を社会的に破滅させるに決まっているではありませんか」

……目が点になる、とは、まさにこういうことを言うのだろう。

まったく思いつかなかった考えだ。

自分でやり返さなくても、こうして私の代わりに怒ってくれる人がいるなんて。

でも、そういや演劇部の新入生歓迎観劇会の舞台に出れなかったときも、アニータが私の代わりに色々してくれたっけ。そう考えると、最初の頃からアニータはアニータだったんだな。

あぁ、こういう関係性のことを『親友』って言うんだな。

だからこそ、アニータは私の『親友』なんだ。

そう思うと、私はもう衝動を抑えることができなかった。

「アニィィィィタアアアアア！」

「ええい、暑苦しいですわ！　まだ説教は終わってませんことよ！　ほら、シシリーもなに笑っているんですの。あなたもあたくしの新しい友人なのですから、ひとまずあたくしを騙していたことを詫びるべきではなくて⁉」

もう彼女の制服に涙や鼻水が付くこともお構いなしで、私はアニータに抱き付く。

一方で、私を抱き返しながらも文句の矛先《ほこさき》を向けられたシシリーは、一瞬目を丸くしてから、嬉しそうにはにかんだ。

「えへへ、ごめんね？」

「あなたも反省の色がまったく見えませんわねっ！」

もう身体を共有していないから、シシリーと心の中で会話することができない。

だけど、その締まりのない嬉しそうな顔は、私のみならずアニータの毒気も抜いてしまうらしい。

「まったくもー。これから大忙しですわ！　ノーラはこれからどこにお住まいになりますの？　あたくしが面倒見るべき……いや、そこはダール卿にお任せするべきかしら？　そもそも二人は今晩の卒業パーティーのドレスは用意してまして？　一応シシリーに似合いそうなものは用意してありますけど……その紫の髪に映えるドレスなんて、あたくしの持ち合わせにありませんことよ⁉　ほら、急いで購入しに行かなくては！」

何か笑ったり泣いたり……アニータ一人で忙しそうだな？

しかも白羽の矢は、ずっと傍観を決め込んでいた男子二人にも向けられる。

「なに笑っておりますの！　ほら、殿方たちも荷物持ちなど、いくらでも役目はございますのよ！」

そういや、アニータは知らないね？

あなたが荷物持ちを命じた一人のマーク君、実は王太子殿下なんだけど。

まぁ、もう一人ですら次代の賢者なのだから、今更と言えば今更なのかな？

いつかマーク君の正体をバラしたときのアニータを想像するだけでニヤニヤしてしまう。

すると、シシリーが私の肩に頭をのせてくる。

「ねぇ、ノーラ」

「なあに、シシリー」

「わたしたちの友人が、とても愛いね？」

その問いかけに、私が返事をするよりも前に、

「そんなの知っておりますわっ！」

アニータ自身が肯定するものだから、私たちはみんなで笑ってしまった。

《エピローグ……のつづき。／了》

元農大女子には悪役令嬢はムリです！
早田結
ill. 桶乃かもく
婚約破談から始まる
何も知らない
転生リケジョと
ベタ惚れ
残念王子の
溺愛ロマンスファンタジー！
1～2巻発売中！
©Yuu Hayata
Motonodaijoshi niwa akuyakureijo wa muridesu!

やり直し公女の魔導革命
処刑された悪役令嬢は滅びる家門を立てなおす
二八乃端月
illustration YOHAKU
1~2巻発売中!
©二八乃端月

唯一無二の最強テイマー
～国の全てのギルドで門前払いされたから、他国に行ってスローライフします～
原作：赤金武蔵　漫画：田村紘一
キャラクター原案：LLLthika
異世界還りのおっさんは終末世界で無双する
原作：羽々音色　漫画：ダンタガワ
ジャガイモ農家の村娘、剣神と謳われるまで。
原作：有郷　葉　漫画：たちまよしかづ
キャラクター原案：黒兎ゆう

雷帝と呼ばれた
最強冒険者、
魔術学院に入学して
一切の遠慮なく無双する
原作：五月蒼　漫画：こばしがわ
キャラクター原案：マニャ子
どれだけ努力しても
万年レベル0の俺は
追放された
原作：蓮池タロウ　漫画：そらモチ
モブ高生の俺でも冒険者になれば
リア充になれますか？
原作：百均　漫画：さぎやまれん　キャラクター原案：hai
COMIC
NOVA
ノヴァ
https://www.123hon.com/nova/
話題の作品
続々連載開始!!

転生貴族の異世界冒険録
～カインのやりすぎギルド日記～
原作：夜州
漫画：香本セトラ
キャラクター原案：藻
レベル１の最強賢者
原作：木塚麻弥
漫画：かん奈
キャラクター原案：水季
我輩は猫魔導師である
原作：猫神信仰研究会
漫画：三國大和
キャラクター原案：ハム

捨てられ騎士の逆転記！
原作：和田 真尚
漫画：絢瀬あとり
キャラクター原案：オウカ
身体を奪われたわたしと、
魔導師のパパ
原作：池中織奈
漫画：みやのより
キャラクター原案：まろ
バートレット英雄譚
原作：上谷岩清
漫画：三國大和
キャラクター原案：桧野ひなこ
コミックポルカ
COMICPOLCA
話題のコミカライズ作品を続々掲載中！
毎週金曜更新
公式サイト
https://www.123hon.com/polca/
Twitter
https://twitter.com/comic_polca
コミックポルカ
検索

ど底辺令嬢に憑依した800年前の悪女はひっそり青春を楽しんでいる。 2

発 行
2024年4月15日 初版発行

著 者
ゆいレギナ

発行人
山崎 篤

発行・発売
株式会社一二三書房
〒101-0003 東京都千代田区一ツ橋2-4-3 光文恒産ビル
03-3265-1881

編集協力
株式会社パルプライド

印 刷
中央精版印刷株式会社

作品の感想、ファンレターをお待ちしております。
〒101-0003 東京都千代田区一ツ橋2-4-3 光文恒産ビル
株式会社一二三書房
ゆいレギナ 先生／とよた瑣織 先生

Printed in Japan, ISBN 978-4-8242-0157-7 C0093
※本書は小説投稿サイト「小説家になろう」（https://syosetu.com/）に
掲載された作品を加筆修正し書籍化したものです。